小小说精品系列

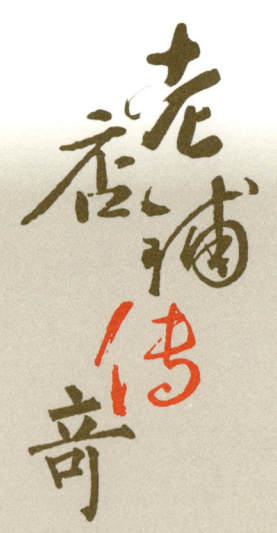

小小说精品系列

集文斋
一品斋
今古斋
永昌斋
瑞竹堂
丁家斋
天芝堂
神裱铺
展氏菜行
张家酒馆
海家花局
蒋家饭庄
陈州浴池
德厚当铺
汇增金店
汇宝金店
益宛银号
……

老店铺传奇

孙方友———— 著

人民文学出版社

图书在版编目（CIP）数据

老店铺传奇/孙方友著.—北京：人民文学出版社，2018
（小小说精品系列）
ISBN 978-7-02-013882-1

Ⅰ.①老… Ⅱ.①孙… Ⅲ.①短篇小说—小说集—中国—当代 Ⅳ.①I247.7

中国版本图书馆 CIP 数据核字（2018）第 041356 号

责任编辑　脚　印　王　蔚
装帧设计　刘　静
责任印制　王重艺

出版发行　人民文学出版社
社　　址　北京市朝内大街 166 号
邮政编码　100705
网　　址　http://www.rw-cn.com

印　　刷　三河市宏盛印务有限公司
经　　销　全国新华书店等

字　　数　130 千字
开　　本　880 毫米×1230 毫米　1/32
印　　张　8.25　插页 1
印　　数　1—10000
版　　次　2018 年 7 月北京第 1 版
印　　次　2018 年 7 月第 1 次印刷

书　　号　978-7-02-013882-1
定　　价　38.00 元

如有印装质量问题，请与本社图书销售中心调换。电话：010-65233595

目录

集文斋 ___ 001

一品斋 ___ 007

今古斋 ___ 012

永昌斋 ___ 016

瑞竹堂 ___ 022

丁家斋 ___ 029

天芝堂 ___ 033

神裱铺 ___ 037

展氏菜行 ___ 042

张家酒馆 ___ 048

海家花局 ___ 052

蒋家饭庄 ___ 058

陈州浴池 ___ 063

德厚当铺 ___ 068

汇增金店 ___ 072

汇宝金店 ___ 077

益宛银号 ___ 083

性和堂药店 ___ 089

大鸿酒坊 ___ 095

陈州戏班 ___ 101

陈州唢呐 ___ 105

白家班影戏 ___ 111

柳家烟火 ___ 117

陈州墨庄 ___ 122

陈州茶园 ___ 127

陈州黑店 ___ 132

鼎记盐号 ___ 137

陈州鞋店 ___ 146

豫泰昌烟厂 ___ 151

永康粮号 ___ 156

方家药室 ___ 161

郭家药号 ___ 168

会文山房 ___ 176

吕氏修表店 ___ 181

刘家包子店 ___ 186

兴隆成衣店 ___ 190

穆斯林饭庄 ___ 196

味馥番菜馆 ___ 200

汇鑫西服店 ___ 204

恒源堂药店 ___ 209

陈州烙花店 ___ 215

金盛祥商行 ___ 221

龙氏装裱坊 ___ 227

天顺恒杂货店 ___ 232

昌盛永绸缎店 ___ 235

亨得利钟表店 ___ 240

晋泰号中药店 ___ 246

唐永和杂货行 ___ 253

陈州古旧书铺 ___ 256

集文斋

民国初年,虽然铅印、石印均已在大城市流行,但在陈州小城,仍以刻板印刷为主,集文斋就是当时陈州城内一家极负盛名的刻字局。

集文斋掌柜叫罗云长,陈州城内前尚武街人,生于清光绪二十五年,四世以刻字为生。其父罗大光,字志良,于光绪年间在开封北关街开设集文斋刻字局。罗云长十三四岁时就随父学习刻字手艺。其父去世后,云长继承了店铺。不想此时铅印、石印开始盛行,万般无奈,罗云长只得把罗氏集文斋搬回陈州。

"集文斋"三字为魏碑体招牌,出自省城名家手笔。横额书写"专刻经文诗集图书碑帖秦汉印章"。这当然是过去在省城时的经营范围。集文斋曾以精工细雕、装帧考究获得盛誉。那时候主要是刻字印书籍,所用纸张也考究:一为杭连纸,即单宣纸,色白;一为毛边纸,色稍发黄。书有八开本、十六开本,以丝线或洋线装辑成书,古朴典雅,极受出书者青睐。

那时候出书先缮写，就是先将书稿以老字体工笔抄在白纸上，然后校对、改正，再发刻。刻字多以梨木制成平坦如砥之木板，在板上涂以香油，拿到火上烘，使油浸入板内，然后移置于地，每日以水温之。过六七天后再将缮正之书稿刻在板上。梨木质地坚实且纹理顺，经过上述处理，不变形又易过刀。刻字时一般由两个工人合作，一人发字，即粗刻；一人挑字，即细刻。技术熟练者不经缮写就能下笔雕刻，谓之"铁笔生花"。

印刷工序也很简单：若印墨字，先将粉烟掺墨，和以皮胶水刷在刻板之上，铺上白纸，然后以"趟子"（棕制）来往趟几遍，字即印刷纸上。若印红字，则以黄丹和皮胶水为之。印书之板，均系两面刻字，印刷时先印正面，再印反面。每板正反两面一般为八百字。在省城时，集文斋雇有工人、学徒几十人，回到陈州后，印书者极少，集文斋只刻些印章、信笺之类的零活。当然，偶尔也能接到大活，那就是给县政府印公文或给法院刻布告，而且多是赶手活，一家老小都得加班加点。

不想这时候，有一个叫马国松的人偷偷找到罗云长，说是要与罗云长合作，创办《陈州报》，罗云长正为生计发愁，现在有人出资办报，自然高兴。于是二人当下敲定由马国松出资，罗云长出工，创办《陈州报》。暂定一周二报，日后看情况再改为一周三报或五报。

这马国松是四川人，生得魁梧潇洒，是重庆以售戒烟丸为主的天生元药房派驻陈州的推销人员，因为天生元戒烟丸的主要成分就含有鸦片，吃戒烟丸确能戒掉鸦片，但要不吃戒烟丸，又非用鸦片来代替不可。因此戒烟丸在某些市场也是被取缔之物。天生元为了在周口、陈州开辟市场设立分店，不得不物色一个能说会道的来陈州搞外交。

马国松来陈后，觉得要打开局面，必须借用一种能抬高自己身份的东西好出入官府，结交权贵。于是想出办报纸可以平步登天，以无冕帝王的身份随便出入任何机关团体，对任何达官贵人都可以随机应变地靠拢。只是陈州没有铅印，只有集文斋一个刻字店。铅印虽然便宜，但扎本太大，想来想去，只好先出木印报了。

几天以后，马国松在大十字街租了一个小院，办起了《陈州报》，聘请汴京人杜洪庸为编辑，委托集文斋刻印，逢周二、周五各出四开报纸一张。该报编辑方针是四平八稳，绝不开罪于任何人。罗云长为把报纸印好，专门找来外地铅印报纸，极力缩小字体，使木印靠近铅印，而且能加红套色，干净整洁，颇受陈州人欢迎。从刻到印只有三天时间，罗云长一家忙不过来，便请了几个刻字技工，虽然发行量不大，但集文斋却日夜不停工。

这时候，罗云长才深深体会到手工刻字的落后，每日他捶着又酸又痛的腰，发誓要买一套印刷机件，把集文斋变成印务公司。

《陈州报》主编马国松每天坐着自备的漂亮包车，招摇过市，到专署、县府、公安局及各分局、法院、驻军司令部等处去逛一趟。名为探访，实为拉关系，推销戒烟丸。

那时候，若到上海购买一套印刷设备，得四万多元，罗云长如此没黑没明干下去，也得四五年光景才能赚到。于是，他想向马国松借钱，说是先购买机器，然后再把一周二报改日报。不想马国松笑了笑，说："罗师傅的想法极好，只是难以办到！因为你我办报皆是为别人办事，没有财权！你别看我身为主编，说出来怕你不信，我连自己的名字都写不好！"

罗云长一听，泄了气，很颓丧地对马国松说："你虽然不识字，但比我们这些识字的陈州文人要强得多！是你挑起了我的办报欲，使我看到了手刻的落后！就是倾家荡产，我也要办一个印务公司，自己办报！"

从那一天起，罗云长每天都自费加印些报纸，开始到处赠报，向人游说办报的好处。由于店小本薄，没多久便把家底赠了进去，可到最后也没找到一个知音。万般无奈，罗云长就走进县政府，要求县长出面办报。县长觉得罗云长很可笑，说别人办报，可以报道我如何如何清正廉洁，如果我自己出资办报，自己夸耀自己，岂不让人笑掉大牙？那样，也就没有了新闻的真实性！罗云长说大人如果不愿意出面，能否借你的力量，倡导全城的富豪捐资置买一套印刷机件？县长想了想说看你如此热心，我就帮你一把。这样吧，你出资在陈州饭庄办几桌酒席，然后下帖相请城内名流，到时由我出面替你讲出心愿！

罗云长见县长干脆，高兴万分，回家与亲戚朋友借了银钱，到陈州饭庄订下几桌宴席，然后四处发帖，定于某月某日到陈州饭庄赴宴，并特别注明：县长大人也将莅临赏光！

没想到那一天，没一个人前去赴宴，因为罗云长的"分量"不够，富豪们没一个相信县长会去赏脸。

菜好做，客难请，望着五桌空空荡荡的席面，想着花去的银两，罗云长大叫一声，口吐鲜血晕倒在地上。

罗云长病好之后，再也不讲办报的事儿，每天只躲在家里，刻字印报，只是向马国松要了几个报屁股，说是由他自己撰刻陈州花边新闻，马国松认为用点花边填空白会使报纸有可读性，便答应了。罗云长得此阵地，开始了他的报复行动。他每期攻击一个富豪，未攻之前，先写其好，第二期便开始揭露其丑闻，并说此富豪原答应捐赠集文斋一千大洋帮助购买印刷机件，但言而无信，所以报社要借机警告一次，这样没过几期，《陈州报》发行量猛增，富豪们又气又恼又怕，生怕轮到自己，到处打听集文斋派到自己名下的款项，罗云长看时机成熟，一口气写了四十张集文斋资单，派人送到各富豪家。不到两天，四万元银两筹齐，"花边新闻"也变得一片"光明"。

很快，罗云长便成了陈州名流。

一日，罗云长又发请帖，定于某月某日于陈州饭庄庆贺《陈州报》创刊三周年，敬请光临。并特别注明，县长大人也将莅临赏光。

那一天，没一个人缺席。

县长自然也光临莅会。众人要罗云长主编讲几句，罗云长笑笑，让人取出事先写好的"罗云长"三字，在秤上称了称，说："开席吧！"

从此以后，陈州地便流行开了一句歇后语：罗云长上秤——称称你长分量了没有！

一品斋

陈州是古城,饭庄自然不少,但最负盛名的,是十字街口处的一品斋。一品斋诞生于民国初年,盛极一时。只可惜,在陈州沦陷那一年,不幸遭日机轰炸而破产。

一品斋的老板姓金,叫金聚泰,原籍河北德州,十二岁时,丧失了父母,被亲朋送入保定一家赫赫有名的高级饭店当学徒。出师后,曾给清末某王爷当厨师,后随厘税局袁世凯的后裔袁文焕辗转来豫。不久,人家告老还乡回了项城,他却携眷流落陈州。在邻人的热情帮助下,请人集资,开设了小小的一品斋饭庄。

金师傅开业时,只请了师徒十数人。后来规模日益扩大,伙计多达数十人。饭庄为两节庭院,房屋数十间,席位百数座,经营的饭菜有可口小吃,有如意大餐,还有山珍海味以及相当考究的各种丰盛宴席。由于饭菜可口物美价廉服务周到,一品斋天天门庭若市,座无虚席。寒冬炎夏,伙计们还常常为顾客送佳肴上门。

不久，金聚泰就发了财。

发了财的金聚泰仍是很简朴，为人敦厚谦逊，而且爱做善事。每日歇业之时，他均要把当天收下来的尚可食用的剩菜再掺些米饭加以调和烩煮，热腾腾、香喷喷地供给数十名乞讨者，让他们也暖暖饥腹，安度宵夜。

所以，每天夜晚，一品斋的周围经常聚集着一些蓬头垢面的乞丐。这些乞丐也讲义气，喝了金老板的热汤，从不得便宜就走，而是自动轮班为一品斋护夜。

话说一品斋为顾客送佳肴上门，有时候也是万般无奈的事情。一般要求送佳肴上门者，多是豪门权贵，这些人吃了喝了，并不当即给钱，而是记账。老账摞新账，时间一长就不是一个小数目。要账是很难堪的事情，越难要累计越多，慢慢就成了恶性循环。金聚泰是外地人，不敢得罪权贵。尤其是县政府，前任的账还没还清，后任又开始叫菜记账了，更怕后任接印不接账，变成账面有钱实际空的假象。这样赊来欠去，本来极红火的买卖，资金周转艰难，慢慢竟有垮台之趋势。万般无奈，金老板只得亲自去讨账。

这一天，金老板去一家豪门讨账，因主人外出赴宴了，等了许久才见到主人，再回来时天色已晚。没想到还未走进一品斋，一群乞丐却像见到救星一般迎了上去。原来饭店正准备打烊，金老板不回来，店里是不会有人把剩菜残饭给他们烩汤喝的。一个年老的乞丐望着金聚泰，动情地说："金老板，这大冷的天，若没你施舍，我们怕是连命都难保呀。"

金聚泰等了一下午没要到分文，想想给人家讨账时的心情与这些乞丐没有什么两样，禁不住长叹一声，对众乞丐说："不瞒诸位，饭店外欠账若是要不回来，怕是这碗残羹剩菜汤你们也难以喝到了。"

众乞丐一听，都禁不住呆了，因为那位老乞丐刚才已说出了大伙的心里话。时至寒冬，又遇荒年，若每天没晚上这顿热汤垫底，怕是连生命都难以保障！乞丐们说："金先生，若饭店一倒，我们就没了活路；你平时常救济我们，眼下你有了难处，只要有用得着俺们的地方你就说一声。"金聚泰听了这话，眼睛顿然一亮，对乞丐们说："诸位若能帮我讨回欠账，这饭店就不会倒闭，就怕你们不愿与我合作。"

"哪里话？"众乞丐激动地齐声说道，"你平日待我们恁好，怎能忘恩负义，只要能帮你讨回欠账，就等于俺们各人捡了一条活命，岂有不干之理？"

金聚泰一听，禁不住击了一下掌，说："先吃饱再说。"说完走进店里，把剩菜集在一起，又特意多掺了些米，烩了一大锅，对众乞丐说："今儿个管大伙吃饱，一锅不够再来一锅。"

饥饿的乞丐早就没吃过饱饭，逢此良机，怎能错过。直直吃了个天昏地暗。由于乞丐们长期饥饿，肠子薄如纸，如此暴食，没等天明，竟撑死了两个。一品斋门前挨着停放两具尸体，

那老乞丐一改面孔,六亲不认,恩将仇报地带领无数名乞丐坐在一品斋门前闹事,要求金老板厚葬死者,包赔大洋多少多少,数目很吓人。

上面覆盖着破草苫，样子很凄惨。

金聚泰一见此状，痛呼苍天，他说原想请乞丐们饱餐一顿帮他讨账，没想到竟发生如此惨状，这真是好心办了坏事。那老乞丐一改面孔，六亲不认，恩将仇报地带领无数名乞丐坐在一品斋门前闹事，要求金老板厚葬死者，包赔大洋多少多少，数目很吓人，如若不给，那就告官，消息很快传遍了陈州城。

万般无奈，金聚泰只得求助于债户。听说出了人命，各债户再不好意思赖账，不到一天，一品斋的外欠账就基本还清了。

这时候，金聚泰笑了，朝那老乞丐与装死的两个乞儿拱手施礼，感激万分地说："感谢诸位让一品斋绝处逢生。"

街人这时才明白，金聚泰原来是演了一出讨账戏。后来有人也想试一回，没想到乞丐们要价极高，那人不解地问："金老板只管了你们一顿饱饭，你们为何如此卖力？"乞丐们说："金老板行善一生，并没什么目的，他这是善根所获，是用钱买不到的。"

据传金聚泰死于一九三四年。埋葬金老板时，光送葬的乞丐就有几百人。

今古斋

陈州北关有个今古斋，专营镌刻图章业务。号称铁笔访友——说穿了，就是通过镌刻印章广泛结识书法、篆刻界的朋友而已。

今古斋的主人姓胡，名阳，字祥光，胡师傅喜书画，嗜金石，尤爱搜集古币、古印。胡师傅篆刻艺术的功底深厚，在篆法、章法、刀法、腕力等方面的造诣颇深，刻秦玺，章法矫健，坚韧挺拔；刻汉凿印，自然残破，古雅持重；刻汉铸印，章法稳健，清晰疏朗；刻急就印，苍劲有力，疏密自然；刻泥封印，浑厚古拙，雄壮有力；刻元朱文，风神流动，刚劲秀丽。元朱文又叫铁线篆，镌刻极难，而胡师傅之铁线篆，如游蛇入水，风摆柳丝，使人赞叹不已，皆称其为胡氏绝活。

一般治印者，多为两类：一类是把要刻的字写在木料上，用夹床固定后再刻，此类为刻字匠。第二类是在印料上只涂朱墨不写字，一手持印料，一手持刻刀，信手篆刻，潇洒自如，这一类为金石匠。今古斋治印，属于后者。金石匠使用的印料很广泛，名贵的可用鸡血石、田黄石、冻石、艾叶绿石、白芙蓉石，据传这些印料为黄金的三倍，不是一般人所为；中等的可用珊瑚、玛瑙、琥珀以及金银等；其次如牛角、象牙，再其次是木料、竹根，万般无奈之时，连南瓜把子也可作为印料。

胡师傅刻印虽不讲究印料，但极讲究时间：阴天不刻，晚上不刻。这两不刻主要讲究的是光线，讲究光线是为了效果。无论干什么事情，唯有讲究的人才可能有好的名声。所以胡师傅被人誉为"陈州铁笔"。除去篆刻之外，胡师傅最喜爱的是搜集古币和古印，他不单是为了收藏，更主要是为了研究古代篆刻，也叫古为今用，丰富自己的艺术修养。

为考古印和古币，胡阳认真研究过刘大同的《古玉辨》和苏宣的《苏氏印略》。胡阳五十岁那一年，他上北京下南京，专程去瞻一眼战国时期的"平阴都司徒铜印"、西汉的"文帝行玺金印""桓启玉印"和东汉时期的"关中侯印"，不但大开了眼界，而且技艺精益求精。对古玺、虫书、缪篆无所不为；布局平中寓奇，险中带稳，于完整中求韵味；刀法冲切兼用，生涩苍莽，独树一帜。陈州书画界名人皆为能求得一枚胡阳印章作为最大荣耀，连乡下人也都认为胡师傅很有学问。

这一年，陈州南十多里处的几户庄户人家挖塘时挖出了一座古墓，从墓中挖出不少盆盆罐罐和青铜器。其中一件铜玩意儿令人称奇，没人能说清是何物，便请来了胡阳师傅。

胡师傅拿起那青铜玩意儿，细看，只见器高盈尺，盖上有一立体的鹰鸷，昂首张翼，有系环连于器身。器短颈，腹扁。饰圆涡纹，周以重环纹、斜南云纹各一圈。流、鋬均作龙形。下有四扁足，上饰兽面，张牙舞爪。胡阳看了又看，说不准是何物，便要求买下，说是回家细考。几位庄户人原以为胡阳无所不知，见其不过尔尔，便很失望，对胡阳说，只要你能说出这是干啥用的，送你都行！但俺们不卖！

胡阳解释说自己是研究古币古印的，此为青铜器，不一路，所以不懂不能装懂！要硬让我说它是做什么用的，很可能是古代人用的茶壶。

几个庄户人笑了，说是若你刚才说它是茶壶，我们深信不疑，因为那时刻俺们信你！现在不行了，你说它是夜壶也晚了！在俺们最好唬的时候你不唬，这叫机不可失，时不再来！

胡阳听了面红耳赤，只好遗憾地离去。回到陈州，闷闷不乐，深感自己学力不足，徒有虚名，禁不住长吁短叹，感慨万千。

不想第二天，突然有人从门缝儿里捣进一信，上写：盉是青铜器的一种，为商代酒器。古人在进行祭祀时，将樽中之酒倒入盉中，加水以调味。盉亦可做水器，以盉浇水洗手，以示对祖先和神灵的崇敬。胡阳读完信之后，惊诧万分，知道是有人故意给他办难堪。想想，很可能是此人名分不大，当初来找自己求印时遭到拒绝，然后以此报复。当时只看到人家在书画界名分不大，可不知人家对青铜器如此精通！自己以己之长攻别人之短，实不该也！原本想以铁笔访友，不想也以铁笔失友，真是令人痛心也！

从此，胡阳更是发愤读书，而且涉猎广泛，尤其对青铜器，更是着迷。

胡阳七十岁那年，宣布封笔不刻字。那一天，他宴请了不少陈州地方名人。酒过三巡，他取出一块印料，当众刻下一方巨印，印文多达十余字，这方封笔多字印是胡阳为后代人篆刻的座右铭。此印以朱文为之，印文方整朴茂，法晋方朱文；印文的笔画以直线为主旋，方折劲挺，清爽悦目；布局取汉印的匀称平实之法，屈叠笔画求繁势，以填塞白地；字里行间之组合，紧实严整，庄严劲辣，实属传世之作。

所刻十余字为：

德刚而明应天而行是以元亨

永昌斋

商幌，又称望子，一种在商店门外表明所卖货物之标志，俗称"招牌"，其来源甚早，战国时期的《韩非子》中说："宋人有沽酒者……为酒甚美，悬帜甚高。"可见当时的商人，已经开始运用广告宣传自己所卖的货物了。望子最初特指酒店的布招，即酒旗，别称很多，又叫酒招、帜、酒幌、酒望、布帘、酒子等，以布缀于竿头，悬于店铺门首。有些大商号为显示其资金雄厚，特用金箔贴字的招牌或黄绸招牌，称之为"金字招牌"。招牌是商家致富的命根子，看得和生命一样珍贵，因此有"招牌是命"之说。"招牌砸了"这是商界最严重的事，商店倒闭了，信誉没了，致富也就无望了。

商家需要商幌，制商幌的行业也就应运而生。陈州最早给人制招牌的是永昌斋，店主姓倪，叫倪飞，年轻时在上海求学，专攻工艺美术，回到陈州，就开了永昌斋，后改为"世缘斋"，专给人制招牌。

永昌斋制招牌大致分三类，一是文字幌（在长方或正方形木板上书写、镌刻文字，有的涂金或贴金以壮观）；二是形象幌（用所售商品模型）；三是象征幌（采用商店的象征物）。永昌斋除去给人制招牌外，还可帮新商号起店名，如当年陈州的茂恒、汇昌、永盛兴、志合兴、步步高、谁不居等等，大多出自永昌斋。

倪飞早年在上海求学，见识多广，而且脑瓜儿活，办事很具创意性，用现在的话说，就是会策划。民国初年陈州建起第一个电影院，放映《火烧红莲寺》，当时电影还是无声影片，影院钱经理请倪飞做广告，倪飞拟的广告词为"观看的人太多太多，最好您别来"，然后画出巨幅广告画，放在繁华处。据说连放一个月，场场爆满，连乡下人都赶车前来观看，使得陈州城热闹空前。

陈州影院的钱经理是位女士，叫钱莹，上海人。倪飞在上海求过学，会说上海话，所以二人很有共同语言。由于策划成功，又加上陈州是第一次放电影，所以钱莹赚了不少钱。赚了大钱的钱莹很感激倪飞，常请他看电影下馆子。当然，有关影片宣传这一块儿，也全包给了永昌斋。

一来二去，接触频繁，二人就产生了感情。

只不过，二人都是结过婚的人。钱莹的丈夫远在上海，管不着，而倪飞的妻子就在眼前，二人的频繁接触自然会引起她的警觉。钱莹长得漂亮，又是南方人，在陈州城很招眼，不少纨绔子弟都想打她的主意。由于自己没打着，让倪飞小子捡了便宜，所以就十分忌妒，专派人跟踪倪飞和钱莹，然后再向倪飞的妻子递信息。倪飞的妻子根据信息去捉奸，一捉一个准。抓住了就要大闹一场，不久就闹得满城风雨。

倪飞的妻子姓穆，叫穆菁。其父穆少奎是祥和店的老板，也算陈州城的"大亨"，有钱有势，担任着陈州商会的副会长。如此有头脸的人物，门婿做出此种伤风败俗之事，自然很丢面子。穆少奎为了帮女儿，派人去上海叫来钱莹的丈夫朱阿福。不想朱阿福是个无能的男人，听说夫人与人私通，非但不恼，反而很高兴。他来到陈州见到钱莹，张口就向钱莹要钱，并以此敲诈。夫妻二人在价钱上争来争去，最后钱莹以五万元就搞定了朱阿福，买了个自由身。朱阿福得到五万元之后，高高兴兴地回了上海，临走时还专到穆府一趟，表示感谢穆老先生传递给他发财信息。穆少奎望着这个不知廉耻的无赖，差点儿气晕过去。

万般无奈，穆少奎只好劝女儿向倪飞提出离婚。

可是，穆菁虽然恼恨丈夫有外遇，却从来未想过离婚。一是因为她太爱倪飞，二是已有了孩子。当年倪飞追穆菁时，倪穆两家的门户根本就不相对。穆家的祥和绸庄店是陈州数得着的大商号，而倪飞的父亲只是开个刻字店的。后来是穆菁非倪飞不嫁，穆少奎才答应这门亲事。只是令穆菁做梦也想不到的是，倪飞会半路爱情转移，这真真使她伤心透顶。但尽管伤心到如此地步，她仍是不大愿离婚。她认为倪飞只是一时糊涂，通过自己的努力他一定会回心转意的。可是，尽管她到处跟踪捉奸，倪飞和钱莹仍是约会不断。又由于她情报准确，越闹越厉害，就形成了恶性循环，倪飞越来越恨她了。

终于，倪飞向她提出了离婚。

穆菁一下傻了！

穆菁哭了一天一夜，从此不吃不喝，以绝食抗议倪飞的离婚要求。她认为当初自己能下嫁倪家，已是对倪飞的高抬。这一生，唯有她向倪飞提出离异才是正常的！而现在，竟是倪飞首先提出，很让她面子上过不去。她原想用绝食吓唬倪飞，唤起他的良知，不料那倪飞像是铁了心，置她的死活于不顾，竟与钱莹公开同居了。这一下，不但穆菁没了辙，连穆老先生也束手无策了。

最后，穆少奎决定撵走钱莹。

可是，如今想赶走钱莹已不是一件容易的事儿。钱莹不但会经营，还会摆平各种关系。她来陈州不久，已将地方长官和驻军头目全部买通，包括穆少奎这个商会副会长，当初还接受过人家的礼物。后来赚了钱，她更注意打通各种关节，很快挤进了陈州上流社会。再加上电影是个新事物，很受人们的欢迎，钱莹看中这步棋，听说是准备买地皮建个人影院。如果她真的如此，怕是想动她更非易事。

为了女儿，穆少奎想到了暗杀。

这当然是无奈之举,但为了女儿的后半生,穆少奎不得不走这步险棋了。

可令穆少奎做梦也想不到的是,正当他要寻人暗杀钱莹时,钱莹却在当天夜里被人杀害,尸首抛进了城外湖里,是被一个打鱼人发现的。

顿时,陈州城一片哗然。

穆少奎更是大吃一惊,原以为是女儿找人干的,可一问穆菁,穆菁摇头不止,而且听到钱莹的死讯后,先是惊愕,然后三呼万岁,披头散发地奔跑出去,高喊着要去寻找倪飞。

殊不知,倪飞那时候已走进了陈州法院,控告穆少奎暗杀钱莹的罪行。陈州的大街小巷里,舆论四起,没有人不相信是穆少奎害死了钱莹。

此案涉及几多要害人物,陈州法院自然极其慎重,动用了几多侦探,结果却令人大吃一惊,凶手竟是远在上海的朱阿福。原来这朱阿福是个破落子弟,吃喝嫖赌五毒俱全。钱莹初嫁时,朱家还可以,后来家道中落,钱莹便凑钱来陈州发展。倪飞与钱莹的桃色新闻公开之后,朱阿福觉得有机可乘,上次来陈州诈得五万元之后,很快挥霍一空。后听说钱莹要在陈州筹建电影院,便起了歹心,决定利用穆家这一错觉,先杀死钱莹,然后再继承钱莹的遗产。不料陈州侦探也不是吃素的,没出十天就将其揪了出来。

事情本该结束,岂料那倪飞觉得破镜难圆,坚持与穆菁离了婚。由于没有了钱莹，穆菁的情绪缓冲不少，便答应了倪飞的离婚请求。

令人遗憾的是，二人离异后都未再婚，穆菁带儿子回了娘家，倪飞将永昌斋更名为世缘斋，又开始重操旧业。陈州人都说世缘斋是倪飞为纪念钱莹而起，倪飞也从不否认。

倪飞和穆菁都长寿。他们的儿子长大以后，可以互递信息，来回走动，但至死二人未能复婚，成为陈州一奇。

瑞竹堂

瑞竹堂的全称是萨谦斋瑞竹堂药铺,坐落在陈州城北城门湖岸街口处,共有房屋十六间,砖木结构,筒子瓦,飞檐翘角,前后主房坐北向南,大门为花格棂子门,门的两侧是栅栏,古朴大方,颇见气派。院内有盆景园、天竺池、浮石山、丹桂树多种花木,春、夏、秋三季奇花斗艳,清香扑鼻。大门前有七棵古槐,皆两人双手搭接难以搂抱,遮天蔽日,成了瑞竹堂最负盛名的标志。

《刘氏家谱》记载,瑞竹堂始于明朝万历年间,据传瑞竹堂刘氏原籍江西庐陵,明洪武三年迁来河南虞城,明万历初年四世祖刘华绅调任陈州府教谕训导时,携眷迁入陈州湖岸街。瑞竹堂刘氏虽从始祖至四世祖都曾为官,但实可谓中医世家,热衷于习医济民。刘华绅迁来陈州后不久,便创办了瑞竹堂药铺。

民国初年,瑞竹堂的主理叫刘鸿川,也就是刘家的第十一世。刘鸿川，字浚石，七岁时便始读私塾及家传药书。十八岁时，曾去汴京学医四年，结业后回陈州主理瑞竹堂。他为人忠厚朴实，沉默寡言，颇具儒医风度，并深得祖传秘诀，擅长儿科，又通西医。每次应诊，必以望、闻、问、切四诊合参诊断病情。确诊后，很策略地告知病人病情和治疗办法，并加以宽慰和开导，然后才开药方。他的抓药方式也与众不同，要求药房伙计每味药必先用小纸方包好，如有九味药就包九包，核对无误后，在药包上加注"先煎、后下、冲服、布包"等字样，最后才将小包码在一起，用大纸方包好捆扎。一切齐备，再向病人讲明包上加注的含义和自备药引的名称、数量及具体要求，可谓是细致入微，毫不含糊。遇到小儿就诊，他更为细心，总是先观其色，如面黄多食积，青色多警风，白色多成痫，伤风面颊红等。五岁以下小儿还要看指纹，即小儿食指掌面靠拇指侧，有一浅表静脉分风关、气关、命关。五岁以上小儿就要进行诊脉，并用一指三关法，然后询问其家长再确诊。更令人敬佩的是，刘先生以治病救人为目的，不计钱财，每遇贫穷人家，交不够药费，不管缺多缺少，都让其把药拿走。对过于困难者，常义诊舍药，分文不取。他行医更不分贫富尊卑，不讲时间，有求必应。不管风雪交加，无论白天黑夜，只要病人求医问诊，他都奔赴病人家中看病送药。

可就是如此医德高尚的老医生，竟也有仇家。

刘先生的所谓仇家姓黄，叫黄九强。黄九强与刘家结仇不为别的，就因为是同行。黄家也是世代为医，上辈也曾有人当过御医什么的，只可惜，到了黄九强爷爷那辈上，出了败家子儿。黄九强的爷爷不务正业，吃喝嫖赌什么事儿都干，差点儿将家业荡失殆尽。等到了黄九强父亲手中，药店只剩下一个空壳子。尽管他一再努力，仍是入不敷出。好在他勤俭持家，总算供黄九强读了十几年书。

黄九强聪明好学，性格要强。等他掌管家业之后，开始以行医为主。论说，他医术还算可以，尤其对疑难杂症，自有他的几招儿绝技。但由于他性格太要强，脾气就有点儿高傲，而且有点儿怪。用现在的话说，就是服务态度不好。所以，人们虽然知道他能看好病，但总觉得没去刘家药铺顺心。更何况到刘氏瑞竹堂既能治好病药价又公道又能讨个好心情，何乐而不为呢？为什么要去你黄家掏钱买气受呢？于是，黄氏药铺的生意就日渐冷清。

同行是冤家，看着瑞竹堂门庭若市，自家门前冷冷清清，黄九强就感到很窝火。一天两天，嫉妒之心就越聚越烈，最后就不知不觉变成了仇恨。有了仇恨就要想点生法进行报复，于是，黄九强就开始了酝酿报复刘家的阴谋。当然，黄九强虽然性格有些怪异，但脑瓜儿极聪明。他知道凭自己眼下的能力一日两日很难整垮刘家。开始的时候，他想借官府的力量来整刘家，为此还给县太爷送过几回厚礼，不想一沾到刘氏瑞竹堂，县长大人总是三缄其口，故意将话题引开，不给他留一点儿空隙。黄九强这才悟出刘家的力量是多么的强大。刘家几代为官，财大气粗，医术精湛，又有极高的威望，早已成了陈州城的一张王牌。地方官不但不敢惹他们，从某种意义上说，还会有"傍"之的嫌疑。自己若无缘无故地与这种人家相斗，到头来无疑是搬起石头砸自己的脚。悟出了这一层，黄九强便开始改弦更张，决定以自家的兴败史为参照，把目光盯在了刘家的后代人身上。

刘鸿川虽然身怀绝技，财源茂盛，但后人不旺。他娶了三房太太，只生下一个儿子。于是，这个独生子就成了他的掌上明珠。但尽管如此，他对独生儿子并不溺爱，而且家教极严，从小就让背诵《汤头歌》，不让其随便单独出门。

刘鸿川的独生子叫刘流，侍候他的下人叫徐孩儿。为让刘流学坏，黄九强决定先拉拢徐孩儿，然后再由徐孩儿教唆刘流。人要变坏，无外乎让他染上吃喝嫖赌的恶习，而且人学坏比学好要容易得多。当然人想学坏也得有一个前提，那就是必须有一定的经济基础。因为坏也有高低之分，低级坏多是偷抢夺拿，与牢狱只一步之隔。高级坏就是吃喝嫖赌抽大烟了。刘流为富家子弟，要他学坏必须引导他如何花钱败家。他的侍从徐孩儿是个乡下娃子，平常最缺的就是钱，对吃喝嫖赌连想都不敢想。但一经黄九强派人引导，很快就让他上了瘾。徐孩儿一上钩，便按黄九强的吩咐，将刘流也带了出来。

那一年，刘流刚满十八岁，正是风华正茂的年岁。拉这种人下水，最好的办法自然是从"淫"字下手。那一天，黄九强很精心地策划了一下，提前包了陈州城妓院里的名妓，然后吩咐徐孩儿带刘流走了进去。刘流虽然年方十八，但由于不常出门，压根儿不谙男女之事。他被人领进妓院之后还不知怎么回事儿。黄九强那一日为其包的妓女姓白，艺名"一枝花"，是妓院里的花魁。一枝花看刘流一表人才，腼腆得乳气未开，便问他叫什么，是哪府上的公子。刘流一一作答。一枝花一听面前的公子是刘氏瑞竹堂的少爷，很是吃惊。因为她知道刘家家教极严，刘家男人从不涉足妓院，现在却有人替他包房，一枝花心中就犯了疑。又加上这一枝花前几年得过一回怪病，是刘鸿川一手为她精心调治而愈的，而且刘先生为她瞧病时，全不因为她是妓女而小瞧她，为此她很是感动。现在看刘公子来到这种地方，他本人又不知情，便觉得这是有人在引导刘公子学坏。

想到此，她觉得报答刘先生的时候到了，便借刘公子不谙男女之事生出一计，对他说今天让你来是有人让我与你下一盘围棋。久闻刘公子棋下得好，今日小女能得与公子下上一局，实乃三生有幸！也算一枝花蒙对了，刘流恰巧是个围棋迷，在家中常与姐姐妹妹一分高下，她们全不是对手。现在一听一枝花要与自己布局，面上的羞涩与腼腆顿时一扫而光，双目也发出熠熠之光，恍然大悟地"噢"了一声，说："原来如此！既然是下棋，这个徐孩儿为何还搞得如此神秘！那我们就布上一局，小姐承让了！"一枝花一听这话，很高兴，忙取出围棋宝盒，一黑一白，二人棋逢对手，一下就下了个通宵。

第二天，一枝花就以身体不适为名，专程到瑞竹堂，悄悄将刘公子夜进妓院的事情告知了刘鸿川。刘鸿川一听，勃然大怒，回到府上，狠狠地将徐孩儿揍了一顿，然后就将其赶了出去。

令人想不到的是，刘流却像找到了知音，竟很想与一枝花再杀几局。挨过一顿苦打的徐孩儿彻底学坏，决心帮黄九强教唆刘流。一天夜里，徐孩儿贿赂刘府的一个丫鬟，开开后门，谎称一枝花要与公子下棋，又引刘流到了妓院。而这一次，接待刘流的人不是一枝花，是另一个名叫"一品梅"的窑姐。这一品梅不同于一枝花，她见刘公子一表人才，自然不会放过。刘流偷吃禁果之后，一发而不可收，从此便成了妓院的常客。就这样没过两年，刘流就由不会到会，将吃喝嫖赌学了个遍，最后连抽鸦片也学会了。

黄九强见"功夫不负有心人"，终于将刘家独生子培养成五毒俱全的败家子了，心中很高兴，觉得打败刘家已指日可待。于是，他对自己的儿子要求越来越严。他要求儿子早晨五点起床背书，夜间在药房制药。儿子也争气，不但掌握了自家绝技，而且能博采众长，注重临床，医术不断提高，很快就能独当一面了。大概就在这时候，黄九强听到了刘流已被其父刘鸿川赶出府门的消息，心中更是高兴，觉得自己企盼的日子终于到来，现在是笑看刘府败落、黄家蒸蒸日上的时候了，为此，他还暗暗喝了几盅烧酒，小庆了一番。

不想正当他得意忘形之时，刘府里突然多了一个东洋留学生，长得一表人才，倜傥潇洒，一看就是学者模样。更令人不解的是，此人也叫刘流！黄九强这下蒙了，忙派人去打听怎么回事儿？探听的人回来把情况细细一讲，黄九强差点儿气晕过去。原来，学坏的那个"刘流"是刘鸿川抱养的一个义子，说穿了，也是他为亲儿子寻下的一个替身。他深知世风日下，人心叵测，生怕儿子在城里学坏，便从小将其送到乡下，在乡下请了老师，教其读书习医。儿子十八岁那年，又去日本上了医学院，现在载誉而归了。

黄九强见自己苦心经营的阴谋彻底破产，禁不住仰天长叹："怪不得刘家长盛不衰，原来他们不但防别人，也防自己呀！"

丁家斋

北下街位于陈州城西南角,南起西大街,北至朱家街。很早的时候,北下街就是回族群居的老街。到了清朝年间,回族聚居点不断由城内的"回回巷"向西扩展,北下街一带回民不断增多,只是少了一个清真寺。清末时,居住在西大街的沙、马两家富户捐资,在路西搭了个席棚,称为"经房",回民们开始就近在此礼拜。直到一九二〇年,回教徒才开始集资筹建清真寺,有大殿、海里凡室、教长室、沐浴室。再后来,越来越多的回民围寺而居,形成了较大的回民区。

清末民国时期,西关大街的商业繁盛,也给北下街的回族同胞带来了商机。他们纷纷做起清真风味小吃,而且很快形成了气候,打出了名气,如豆沫、羊肉胡辣汤、牛骨髓油茶、绿豆糊涂、羊肉水煎包等各有特色。名气大的有盖家宝隆铺的小苏肉、牛肉丸子,马家烧饼,白家豆腐脑儿,丁家斋八宝莲子粥等。白家的豆腐脑儿配有煮熟的咸黄豆、酱胡萝卜、黄瓜丁、酱油真诚卤和适量的卤汤，卤汁鱼美，豆腐软嫩，色泽明快，老少皆宜。据传的掌柜白福祥的嗓音非常好，他站在店前一声吆喝，顺风能传到朱家街。丁家斋的八宝莲子粥是用江米、薏仁米熬制而成，吃的时候，每碗现加糖莲子、糖百合、瓜条、葡萄干儿、桃仁、杏仁、瓜子仁等多种果料和白粮桂花。糯甜、味香又利口，且营养丰富，颇受顾客青睐。

白家和丁家的店铺挨着，席棚相连，白福祥年过古稀，身板硬朗，还能站坛前卖豆腐脑儿。丁家的老主人丁百仟已过世，接班的少掌柜叫丁海。丁海是丁百仟的三儿子，进铺子当掌柜的那一年才二十一岁，熬粥配料已很内行。与白家豆腐脑儿相比，无论制作方法和配料，丁家斋的八宝莲子粥皆属"贵族粥"，就是说，是有钱人喝的，因为它配料高档，卖价也高。当时一碗豆腐脑是一文钱一碗，而莲子粥就需十文钱。所以前来喝粥的客人多是中等以上的人家。为能与"贵人吃贵物"配套，丁家的铺子也比较高档一些：八仙桌、石鼓凳、明窗亮几。"丁记八宝莲子粥"的招牌据说是当年丁海的爷爷专请名人写的，花了五十两银子。

而白家与丁家相比，就显得寒酸：低桌子，小矮凳，而且又破又旧，油腻腻的样子。又由于所卖的是价格低廉的大众食品，前来喝豆腐脑儿的人也多是引车卖浆者流。对这种顾客，低桌矮凳自然也将就了。每每开张，摆在街边处，上面搭卷棚，便生出一种很临时的感觉。前来吃饭的人也多是慌里慌张的，全不像进丁家斋喝八宝粥的客人那样把吃饭当成了某种享受。

这样，丁海就有点儿看不起白家了，觉得白家太"下里巴人"，与他们为邻总有点儿跌份儿之感。开始的时候，他还有点儿顾及父辈们的交情，每天早晨开张还时不时向白老板打声招呼，可后来就很少正眼朝白家卷棚下瞧了。为能抬高自家的身价，丁海开始装修门面。他花钱将店门重漆一遍，门前的走廊间原来是砖铺地，现在换成了大理石的。店门两旁还放了两尊青田石狮，又摆了几盆时令大花盆。为与花盆对称，还在屋檐下挂了四个山东莱州的红绣球。如此一翻新，丁家斋更加"阳春白雪"，也更显得白家寒酸。

可是，让丁海不可解的是，他如此这般非但没引起白福祥的不满和嫉妒，相反还让他非常高兴似的，每见到丁海就禁不住由衷地祝贺，而且能让人看得出那是一种真诚与善意的祝贺，毫无虚伪之处。这就让丁海有些犯难。因为丁、白两家由于店铺相邻，世代团结都非常友好。他原以为自己如此朝"贵族化"发展能引起白家的忌恨，然后搬迁或将店铺转让于他，那样他就可以再将铺面扩大。不想白老汉如此死脑筋，自己这般"欺负"他，他还表示由衷的祝贺，仿佛丁家的生意是他白家的一样。跟这种毫无野心的人为邻，只会辈辈平庸下去，绝不会有大的发展。曾有那么几天，他看白家一直无动于衷，心想你不搬我搬，可又一想，回回巷是小吃一条街，如果离开此黄金地段，生意肯定会受损不说，自己花这么多钱不是白装修了。更令他不可解的是,白家的生意非但没因他的"贵族化"而减弱,反而越来越红火,自家的生意反而不见长进,某些时段好像还不如以前。

终于有一天,他耐不住地向宝隆铺的盖老板求救。盖老板开初不愿说,逼得急了才笑了笑告诉他:"丁老板,你别忘了,车有车路,马有马道,你赚的是富人的钱,而白老板赚的是穷人的钱,可天下还是穷人多呀!"丁海一听,这才恍出个大悟。心想自己一心想赚富人的钱,而北下街的富人就那么多,再加上北下街本来就是小吃一条街,人家真正有钱的人压根儿就不朝这里来。你把店铺打扮得再贵族化,而在人家眼里你的整条街就不够格儿!人家去的是闹区的大饭店,要的是档次。

后来,丁海的生意越来越清谈,门台一高,穷人不敢进,富人不愿来,生意越清淡。再后来,终于撑不住,就将店铺盘了出去。

令他做梦也想不到的是,盘他家店铺的不是别人,而是卖豆腐脑儿的白老汉。

天芝堂

陈州天芝堂中药店始于明朝末年。老板李士堂是豫西灵宝人，年轻时聪明好学，博览群书，尤喜医书，专攻医道，对中医和中药材皆通。李士堂初来陈州，即在东大街设店，门额的横匾上镌刻三个大字"天芝堂"，其中"天"指天公，以天拟人；"芝"即灵芝，古人认为灵芝为仙草，视为神木。"天芝堂"的含义是天公普济众生，人服了灵芝可以长生。

天芝堂资金雄厚，药材多到当时的中药材集散地安阳、禹州、安国、亳州等地采购，口号是"只求药材真，不惜花重金"。凡伪劣药材一律不进。因而天芝堂的药材齐全，品质地道，加工精细，货真价实，疗效显著，很快誉满陈州四周各县。

天芝堂为保信誉创名牌，要求药师不但进药时一丝不苟，炮制时也要精细加工，无论水制、水火同制、修制及其他制法，皆不得马虎从事。其制度十分严格，对挑拣、簸、筛、碾、刮、抽、研、刷等多道工序，皆有人把关，目的是将原药除杂质和非药用部位清除，使药品纯正，充分发挥药效。天芝堂药店的司药大都是在店内学徒期满后升任的，深懂药理，到门市后，一要非常熟悉各种药品所放位置，做到伸手而得；二要基本做到"一抓准"不回秤；三要算盘打得精，药价计算无误；四要包药有角有棱，美观好看。为不发生意外，天芝堂包药前有专人验药，就是按方上几味药一一验证后才能包包。在天芝堂当学徒，要先学蹬碾槽；辨认药品，学药性，检筛、晒晾、浸泡；再学切药，因为药材不同，切法也有区别。

民国初年，天芝堂的老板李玉龙已将天芝堂发展到一边行医，一边卖药，既有祖传秘方，又有名医验方、民间奇方。病人吃了天芝堂的药，药效显著，病好得快，许多顾客宁愿在天芝堂排队等候取药，也不愿到其他"立等可取"的药店抓药。一时间，天芝堂更是声誉鹊起。

其实，这李玉龙是天芝堂的女婿。李氏天芝堂生意虽然兴隆，但人丁不旺，到了民国初年，只有一个女儿，叫李琼花，其父为让天芝堂不改姓，专为她寻一个姓李的女婿。赶巧这李玉龙不但姓李，而且也是个热爱医学的人，就被李家选中了。这李玉龙是地道陈州人，其父是个游方郎中，手拿串铃，身背药箱走村串巷为人治病，而且他还是个有心人，每到一处就收集民间单方和名医验方，并记录成册。李玉龙从小就开始背诵这些单方和验方，尤其是那些对疑难杂症的单方，更是熟记于心，而且有创新。他十二岁那年，其父就带他四处游医，让他临症、识药学文化，等到二十岁时，他就能独当一面了。

赶巧这一年，天芝堂张榜招婿，李玉龙脱颖而出，战胜诸多对手，成了天芝堂的合法继承人。

可是，李琼花却是一个不安分的女人。她从小娇生惯养，脾气怪异，性格霸道，年过二十了，还小孩子似的，说哭就哭，说闹就闹，弄不好还要砸东西。对雇佣的下人，她说打就打，说骂就骂。她闹起来的时候，你还不能相劝，越劝闹得越凶。唯一的办法就是等她闹累了，自己感到无趣了才能消停。为此，她父亲李士堂大伤脑筋，担心再寻下个纨绔子弟将家业荡尽，所以才张榜招婿。当然，有关李琼花的一切，一开始全是保密的，下人们为着李老先生，也都守口如瓶，未走漏半点儿风声。

李玉龙胜出的第三天，就与李琼花拜堂成了亲。新婚的第二天，厨娘的饭菜做得稍咸了点儿，李琼花就开始了大闹。她进厨房摔碗砸盆，吓得那厨娘直打哆嗦。下人们都躲在暗处，没一个相劝。李老先生夫妇也关门在屋内不肯出面。李玉龙当时正在药铺给人抓药，听得一下人的报告急忙回府。他看李琼花双目如火，满脸的凶光，不知发生了什么事儿，悄悄找下人一打听，方知是因饭咸了一点儿惹小姐动了气。开初，李玉龙认为李琼花独生独长，是骄气所致，后来从面部上看出事情并不是那么简单。他走上去大喝一声，只见那李琼花惊恐地望了他一眼，仿佛不认识似的看了李玉龙好一时，突然就静了下来。李玉龙当即断定，这是"鬼魂附体"所致。他所谓的鬼魂，是病人自己的心中之鬼。由于李琼花性格乖张,父母对她太宽松,无人管教,再加上她自我束身能力差,才形成了一种放纵之鬼。这个鬼越放纵越张扬,如果从小就开始管束,事情就不会发展到这一步。现在下手调治,已经太晚了。说白了,这是一种心理疾病,在中国还没有人设科,而在西洋人那里,早已有专治这种病的诊所了。李老先生一听,觉得门婿言之有理,李琼花的母亲更高兴,直给苍天磕头,说是上天有眼,给李家送来了一个好门婿。这一下,女儿和家业都有救了!

李玉龙说,他要带妻子外出行医一年半载,在途中治愈李琼花的病。李老先生欣然应允,忙指派管家备车套马,不料李玉龙一一谢绝,说是带李琼花处出主要是受苦,风餐露宿漂流他乡,方能让她知道人间的艰辛。未婚时不行,一个姑娘家外出你们不放心,现在她跟着丈夫,是最好的治愈方式。

果然,李琼花随丈夫外出不到一年,就变成了十分贤惠的夫人。后来生二子,长大后都成了陈州一带的名医。

神裱铺

陈州城除去龙氏装裱坊享有盛名外,还有一个不起眼的裱画铺,人称"神裱铺"。

既称"神裱",必然有别人不及的高招。

相传民国初年,项城袁家的一位少爷,从水寨镇乘坐轿车亲自送来一幅米芾写的中堂,由于保管不善,长期受潮受压,黏结在一起,活脱一个杂面饼子,曾经找了很多裱画师傅,皆未有人敢接此活儿。经人推荐,便找到了"神裱铺"。袁家少爷对店主任振乾说,只要能揭裱好,愿付工钱三百大洋。任振乾看了看那块纸坨坨,表示尽力而为。袁家少爷生怕任振乾在揭裱过程中作弊弄手脚,专派一个师爷坐镇监视。任振乾通过细心加工把那块纸坨坨揭成大小不等的碎片七百多块,然后把这些大如手掌、小如指甲盖儿的碎片儿裱得天衣无缝。袁家少爷十分满意,不但如数付了工钱,还加赏银洋三十块。从此,"神裱铺"更是名声大扬。

孙殿英在河北遵化马兰峪扒开慈禧和乾隆陵墓是在一九二八年的七月间。那一年任师傅已年近八旬，身板硬朗，神清气爽。他闻听孙殿英盗了东陵，很是气愤。又听说孙殿英打开两座墓陵之后，专拣金银财宝，不要名人字画，更恨孙殿英无知。他知道，一旦藏于墓穴中的古人字画重见天日，如果不抓紧时间做特殊处理很快就会损坏的。为救国宝，他毅然关了店门，带领子孙北上去了燕赵之地。

由于孙殿英是个粗人，不懂字画的金贵，使得乾隆和慈禧墓内的名人墨宝遗失殆尽。那时候南京政府为掩人耳目，追查国宝的风声令人打战，而得到字画的人多属行家里手或有钱人家，早已收藏于密室不肯出手。所以，任振乾此次北上等于白跑一趟。他带领儿孙们在遵化、承德等地转了几个月，毫无收获。任振乾气馁至极，正准备打道回府，不想节外生枝。

燕山一带有个大土匪，名字很怪，叫鸵鸟。这位名叫鸵鸟的匪盗双腿长得出奇，走路极快，上山下山能超出常人两倍有余。为此，京东一带的富豪皆怕他。他听说从河南陈州地来了一个奇怪的裱糊匠，带领儿孙一大帮，还口口声声要用祖传绝招儿抢救国宝，很是好奇，便派人把任振乾一家请上了山。

鸵鸟一见任老汉年近八旬，银须抖抖，竟为抢救国宝不辞劳苦，千里迢迢来到燕北，颇有些敬佩之意，便问任老汉说："你为何称神裱？"

任振乾笑道："神裱之称乃是别人的高抬，大王不可信它！"言毕，便讲了为袁家少爷裱米芾墨宝一事。

鸵鸟略识文墨，让人取出宣纸，挥笔写了几个歪字，等墨干之后，一把撕了个稀巴烂，撂给任振乾说："耳听是虚，眼见为实，把它裱个完整的让我瞧瞧！"

任振乾望了望那团碎纸，说："如若裱好，你能否答应我一个要求？"

"什么要求？"

"请你帮我寻找乾隆和慈禧墓中出土的那批字画！"

"你要那些破字何用？"

"大王误会了，我千里迢迢来到贵地，并不是想得到什么！我只求为收藏者重裱一回，然后物归原主！"

"你是不是吃饱了撑的？"

"说起来怕大王不懂，凡出土的字画，如果不清除内含的腐气重新装裱，那字画就会像死人的尸体一样慢慢被腐蚀成粉末儿！"

"你怎么知道？"

"实不相瞒，我家祖上认识一个盗墓贼，他曾从墓中盗出过不少名人字画，皆因不会保管而被腐蚀。后来，他让我爷爷装裱，但重新裱糊之后仍然腐粉，这就是没有清除纸内腐气所致！"

"你用什么办法除去腐气?"

"大王,这是我家研究了多年的祖传秘方,恕不能相告!"

"那好吧!"鸵鸟变了脸色说,"你不说我不强求,但我也不帮你的忙!"

任振乾一听,急忙施礼说:"大王不必生气,为了抢救国宝,老夫只有破坏祖规了!办法很简单,就是把出土的字画揭下来,放在活人身上,要贴身带上一个月,方能用活人的生命之气除去纸内潜藏的死亡气息!"

鸵鸟越听越神,当场答应了任振乾的要求,说是一定要鼎力相助,抢救一回国宝,在自己的匪史上留下光辉的一笔。任振乾见鸵鸟答应了,很是高兴,急忙命儿孙们在山洞里支案制浆,把鸵鸟的字裱了个天衣无缝。鸵鸟一看神裱名不虚传,大喜,当下朝遵化周围的大户人家和珠宝店贴了条子,说是限十天之内送来东陵出土的书画一幅,否则,必遭大祸。条子上最后注明,为救国宝,诸位要有钱出钱,有力出力,寻找出土书画,裱好之后,定物还原主。

果真灵验,没过十天,东陵出土的那批字画基本上都集中在了鸵鸟的山寨中。

任振乾鉴赏过无赝品之后,大喜过望,带领儿孙向鸵鸟拜了三拜。为让任家父子们安心裱画,鸵鸟特地为他们腾出了一个大的山洞。任振乾带领儿孙们搬进洞里,当下就开始了工作。他们先小心地揭下字画,然后分开贴身收藏。一个月后,腐气吸尽，开始重新裱糊。就这样揭揭裱裱，一下忙了半年有余。等那批出土的字画全部抢救完之后，任振乾和他的儿孙们个个已面黄肌瘦，满脸阴气，形如饿鬼。鸵鸟大为感动，亲手扶任老先生坐在头把交椅上，命全体匪徒给其磕了三个响头。

展氏菜行

黄花菜，也叫金针菜，植物学上称萱草。它的花、叶、茎、根皆是上好的中草药材。《本草纲目》上称它有"忘忧""安神"之功效。"言是忘忧物，生在北堂陲"——大概就是那翡翠般的碧叶，赤金似的黄花，才使诗人产生乐而忘忧之效果的。

陈州黄花菜，素以"菜条肥韧、油脂旺足、色泽金黄、耐煮发脆"之特点而著称于世。无论是荤配、油炸、凉拌，还是做成金汤金面，均是醇香可口。若把它腌制成酱菜，更是别具风味。春秋末年，孔仲尼游说途经陈州，言说黄花为"金条"。孔仲尼是圣人，其错没有敢纠正的，于是将错就错，且又错中生彩，"陈州金条"更是闻名遐迩。

据考，一般外地金针多为五蕊，唯有陈州金针为七蕊。为什么陈州金针与众不同？至今未有人说得清。大凡世间说不清的事情，多要赋予神奇。于是陈州金针便金贵起来了。于是，也便有了贩卖金针的生意人。

陈州东关有一户姓展的，就专干此种买卖。每到金针菜下来之际，展家就大量地收购，贮到春节再卖给外地客商。陈州黄花菜多为馏菜晒——就是从地里摘回黄花之后，先在锅里馏一馏，然后晒干。馏菜虽然味儿美，但易潮，保管不善就发霉。从菜季到春节，中间有四个月的光景，而且要经过阴雨连绵的雷雨季节，更给贮菜带来不少麻烦。展家为贮菜，库房盖得很讲究，既通风又朝阳。菜入库前，要大晒，然后密封成袋再进库房。每遇阴雨频频的日子，库房里要生炉子，使库房始终保持着干燥。

由于展家贮菜有方，外地客商多与他们来往。黄花菜下来之际，客商们为抢生意，就提前送来银钱，让展家帮助收购，到了春节前夕，派人运走，到湖广一带赚大钱。

当然，展家也要落下不少无本之利。

这一年，从皖地来了一位大客商，很有钱，一下包了展家的两座大库房。到了年底，派车运到颍河，装船去了上海。

一连几年，展家都为那位大客商收菜，生意很顺畅。

这一年，黄花菜还未下来，那客商就汇来了银票。展家像往年一样，为那客商收菜，晒菜，贮菜。可万没想到，一直等到腊月二十，也不见那客商来运菜。黄花菜为季节菜，极难过夏，若春节不处理掉，夏天发霉不说，隔年菜也是不受顾客青睐的。万般无奈，展家主人便帮那客商卖了出去。

来年菜季，展家又用那客商的银钱为其收了两库房金针。

展家主人叩开大门，报了姓名，并说是从陈州而来。守门的家人望了望展家主人，说：「我家主人早在三年前就病逝了」。

可到了春节，仍不见那客商的影子。展家主人只得又卖了一回。

三年过后，展家为那客商赚了不少的银钱，但那客商仍是杳无音信。为此，展家主人很犯愁，决定去皖地看个究竟。

走了几日，展家主人方打听到那个客商住的村子。客商家很富，楼瓦房一片。朱门高台阶，像是个有过功名的家族。展家主人叩开大门，报了姓名，并说是从陈州而来。守门的家人望了望展家主人，说："我家主人早在三年前就病逝了。"

展家主人一听此言，如同炸雷击顶，木呆呆地望着那家人，许久没说出话来。

"你与我家主人是朋友吗？"那家人问。

展家主人点了点头。

"我家主人虽然不在了，但你有事我可以禀告夫人。"

这一刻，展家主人显得很迟疑，他想说：你家主人欠我一笔钱，如今他人不在了，我怎还忍心再进去讨账！可话到嘴边他又咽了回去，心想这昧心钱使不得，于是便向那家人说了原委。

那家人一听，惊讶得张大了嘴巴，然后拉展家主人到背处，悄声说："我家主人常年在外跑生意，平常只是往家中送钱财，从不向家人讲来历。如今他已不在人世，如此一笔巨财，何不你我暗暗分了？"

展家主人望了那家人一眼，讥讽道："我若想昧财，哪还会有你的份儿？"

那家人尴尬地咽了一口唾沫，许久才说："先生如此仗义，实在令人敬佩！"说完，扭脸走了。

展家主人正在犯疑，突听大门洞开，抬头望去，大客商正向他走来。

展家主人简直不相信自己的眼睛，以为是鬼魂再现。

大客商哈哈大笑，笑够了方说："展老弟，为寻知己，我已苦等了三载呀！"

展家主人这才恍然大悟，上前拉住大客商的手，愧疚地说："尊兄不知，刚才听到你归天的消息，我差点儿昧你的财哩！"

"想到而没做，便是好人了！"那客商说，"万恶贪为首，论迹不论心，论心世上没好人嘛！"

展家主人这才释然，长长地叹了一口气说："尊兄为试我心，竟掷下如此大本钱，真真令人不解！"

那客商也叹了一口气，深情地望了望展家主人一眼，说："我一生闯荡生意场，深知钱难挣人更难得之理。贤弟如此仗义，也算是我三生有幸啊！"

这以后，那客商便包下了展家的所有库房，每到菜季，展家就为那大客商收菜贮菜。只是那客商仍是不来陈州，一切全由展家主人做主。

几年以后，展家主人去皖地送利钱，当他走到大客商家门前的时候，守门的家人对他说："我家主人这回真的离开了人世！"

　　展家主人不相信地望了那家人一眼，进去交了钱，扭脸走了。

　　几年以后，展家主人又来送钱，守门的家人对他说："我家主人这回真的离开了人世！"

　　展家主人笑了笑，交了钱，又扭脸走了……

张家酒馆

镇上除去刘家酒馆,就数张家酒馆了。张家酒馆在南街口,地理位置很好,面北面西都临街,离颍河也近,又紧靠码头,取水很方便。张家取水与刘家一样,也是全凭人挑。每天有四副挑担朝作坊里打水,滴水形成一条很明显的小道儿。尤其冬天结了冰,像一条舞动的银蛇直逼码脚,形成一道风景。

张家老板叫张甲乙,精瘦,长着两撇儿老鼠胡子,给人某种"奸"相。其实,张家酒比刘家酒还要好一些,但由于张老板长相不太令人恭维,与人谈生意时,人们总觉得他奸诈,没有刘老板忠厚,所以生意就一直赶不上刘家。

论说,这张甲乙为人并不像他的长相,心还不是那么黑。只可惜在生意场上人的长相也起着某种作用。就像曾国藩用人一样,面相能决定一个人的升迁。为此他还写过一本名叫《冰鉴》的相书。张老板很崇拜曾文公,自然也读过《冰鉴》,但长相是爹妈给的,没办法。张老板为弥补这些,曾经进行过几次"增肥活动",吃肥肉,吃甜食,但总是不上膘。万般无奈,他只好挑选胖子当他的账房、伙计和相公,以显示他待人宽厚、忠诚可信。当然,除此之外,他还费尽心思塑造自己的外在形象。比如凡来张家酒馆购酒者,均让你自己到酒库选酒,选中一瓮,当即派人送去或者你自己来人挑走。过秤的时候,由你自己扶秤。你若担心秤上有鬼,旁边放的有国制磅砣,有五斤的,有十斤的,你可当面验秤。酒出门外,少一斤补十斤。选酒之时,也可当面试酒,除去酒的味道外,也可试酒的度数。称上半斤,到验房点燃,然后再称剩下的水。六十度就是六十度,七十度就是七十度,不骗不哄。如此用心,张家自然名声越来越高,张老板的声誉也越来越好。眼见张家酒馆就要超过刘家酒馆,刘老板坐不住了。

这些年,刘老板一直坐在镇上酒行业的第一把交椅上,现在有人争第一,刘老板不得不防。这刘老板外表忠厚,却是内藏奸诈之辈。他全不像张老板那样凭借信誉和酒的质量与人争高低,而是要想法搞垮同行来显示、保全自己。这就是说,刘老板为保自己的地位,要对张家酒馆使坏了。其实,当张家酒馆的销售量直线上升时,不但刘老板感到了危机,连其他同行也有了看热闹的心理准备。两虎相争,必有一伤,这回刘老板肯定要使招儿了。

刘老板先派人到上海买回了几十斤工业酒精,然后买通张家酒馆里一个叫叶二的伙计,让其将工业酒精兑进张家酒里。

不久，那瓮酒卖出，当下就喝死了两个人。这一下，张家酒算是惹下了大祸，包赔不说，死者家属还要告官要求抵命。张甲乙为求平安，上下打点，花了不少钱。从此，张家酒也一落千丈，卖不出去了。许多人都说，观人观相，张老板一副老鼠模样，怎会是个好人！

张甲乙知道是有人使坏，便不说，悄悄调查出那个被刘家收买的伙计叶二，提他当了总管，长了薪水，并对他说，现在正是酒馆的非常时期，只要你能将张家酒销出去，可以二八提成。叶二一听，呆了。这一切全是他未料及的，二八提成，等于分去张家二成家业。这是他做梦也未想到的，他就觉得对不起张老板，禁不住泪流满面，跪在张甲乙面前说了实情。张甲乙扶起叶二说，这一切不能怪你，要全怪刘老板，他给你那么多钱，你怎能不动心呢？他决心要搞垮我，就是不收买你也会收买别人，最后总归要有人出卖我，所以我不怪你，只怪刘老板心太黑。叶二见张老板宽厚，更为感动，站起来说，我马上就去告刘老板，将他的阴谋戳穿！张甲乙苦笑一下说，这事儿就算了，你若现在告他，别人不会信，还以为是我收买了你去诬告他呢！这回咱吃个哑巴亏，跌倒了再爬起来。

从此，张老板对伙计更是关心备至，对质量把关更严格。但尽管如此，由于张家酒喝死了人，销量仍是极低。张家酒销量越低，叶二心中越觉得对不住张老板。回到家中，连家人都抱怨他。终于，叶二耐不住，拿着刘老板给他的工业酒精到处宣传张老板如何信他、刘老板如何奸诈。开初，人们自然不信，叶二急了，有一天赶到集上来，他爬上白衣阁，手执小广播又从头到尾将刘老板收买他的过程吆喝了一遍儿，最后说他要以死来向张家酒馆忏悔，说完，竟真的一头从高高的白衣阁上扎了下来，七窍流血，死在了大街上。

这一下，人们才真相信了叶二，张家酒很快又打开了销路。张老板并不忘叶二，仍坚持自己的诺言，将二成利润每年都给叶二的家人送去。

海家花局

陈州花局的总称为"陈州茉莉花局"。早在清光绪初年，隆昌街海家花局首先创办，随后，花卉商看到有利可图，纷纷云集陈州古城，仅三年时间，就发展了六七十家之多。从隆昌街往东直至城湖边的湖滩里全是花房，长达两华里，形成了一条十分壮观的花街。夏季，茉莉盛开，花香满湖，从早到晚游人络绎不绝，花街如同闹市，繁忙异常。

茉莉花除观赏之外，重在制茶，由于陈州形成了市场，各地茶商蜂拥而至。茶商住在茶行内，购到茶随时运至花局烘茶、熏茶。茶是先烘后熏，烘有烘篮，用栗炭火烘茶，再把茉莉花放在茶中进行熏制。熏茶极讲究，一般是先把挑拣好的花和茶叶放入烘篮内，篮下有框架，架下放炭火，烘篮大小不等，一般装茶三十斤。每斤下茉莉花一百朵。第一次烘熏后把茉莉花筛出来，放入茶末内，茶末即含香味。第二次和第三次下花烘熏，茉莉花随茶出售。茉莉花均用伏花，香浓。底茶有用西湖龙井的，也有用六安瓜片的。只是用六安瓜片做底茶之时，每斤要用二百朵茉莉花。为什么比龙井多用了一倍？据烘茶师傅说，皖地多为黑土地，六安瓜片性硬，因而必须加倍才显茶香。

陈州花局以海家最大，据《陈州府志》载，海家占地二十余亩，有五千盆茉莉花，光花工就雇用四十余人。海家花局的老板叫海茂馥，出身商贾世家，很会经营。海家花局每年都要到山东曹州买牡丹根，八月份运到广州，然后在广州栽培，浇水，施肥，上搭天棚，一天内把天棚卷卷盖盖好几次，用以调节气温，抑制生长，避免过早开放。在春节前五六天牡丹开放时，到花市出售。因广州人过春节要比谁家的牡丹朵大鲜艳，象征一年之中花报平安，人盛财旺，所以出售极快，可谓一本万利。售了牡丹不误买茉莉，运回陈州再卖给各花局，可谓一举两得，年年都要赚大钱。

到了光绪末年，海茂馥已年近花甲，经不住长途跋涉，下不得广州，只好派他的儿子海涛去南国经营牡丹。从八月到腊月，海涛一年中要有近半年的光景住在广州。因为养花需要卷棚，占地方，海家便在郊区租赁场地。场地的主人姓赵，有个儿子叫赵岩，和海涛年岁差不多，都是光绪七年辛巳生。二人脾气也合得来，所以也就成了至交。赵岩很聪明，从小应童子试为县学生，后来又考上了武备学堂，清俄订密约，他鼓励同学在曾公祠开会，发表演说痛斥清廷失策，被开除。他原想北上闹革命，被父亲强行拦下，事实上那时候赵岩已加入了同盟会，经上级同意后，特让他留在了广州。要不，他的父亲是拦不住的。这期间，海涛正清闲，每天只是到卷棚下看看花的长势，听听花工汇报便可。这样一来，两位年轻人在一起的时间就更多。他们有时一起进市区玩耍，有时赵岩带着海涛会朋友，闲下来，赵岩还给海涛讲解《猛回头》《黄帝魂》，还悄悄送给海涛从上海转来的宋教仁主办的《民立报》。最后觉得时机成熟了，赵岩就劝海涛加入同盟会。没想海涛听后一笑了之，摇了摇头说："家父就我这么一个儿子，所以命中注定我一生只能当顺民！谁当权都行，我只卖花！你也甭劝我，我什么都懂，也知道你干的事情了不起，我很敬佩你，但我不能干。我不能干也决不会坏你们的事情，因为你我是兄弟，说不定还能帮你的忙。实言讲，我以前就读过不少救国救民的书，发现中国知识人多激进，少成熟，说穿了，多是些头脑发热的文人聚事，缺乏冷静，遇到挫折，情绪低落——戊戌变法就是一例。但愿你们这次能成功！"赵岩听了海涛这一番言论，颇感吃惊！因为他见过不少对革命不理解或执迷不悟的人，可极少见到这种"明白人"！从此，再不与海涛一同去会朋友，而且有意地疏远了海涛。

海涛见赵岩日益疏远自己，很是伤心。心想"革命"这事能加深友谊也能疏远感情。想到赵岩的难处，海涛心中释然不少。只是远离家乡，处处要依靠本地人，只好小心行事。不想这时候，广州却发生了一件令世人震惊的大事情。

一九一一年一月，同盟会在香港筹划起义，以黄兴、赵声为正副部长,并在广州设秘密据点数十处。那一年是辛亥年,猪年财旺,海涛运往广州的牡丹根比往年多了不少。由于海涛每年都带来不少花工,成了最好的掩护,所以赵岩家也是秘密据点之一。起义领导机关原准备利用陈州花局在粤养花场外地人多的有利条件在赵家藏武器,并要求赵岩要好好团结海涛。既然是组织决定,赵岩就去"团结"海涛。海涛见赵岩谅解了自己,非常感动,激动地说:"革命不光是你们同盟会的事,应该是全民族的事!我当不了革命派,可以当一名支持派嘛!"话虽说到这一步,但为保密起见,赵岩仍未向海涛透露任何信息,只说如果有事一定请您帮忙。赵岩他们的目的是想让海涛帮了忙却并不知道是帮了啥忙,一切要在海涛不知不觉中进行。那时候已是一月中旬。那一年的一月三十日才是春节。由于时间紧迫,等海涛把牡丹售完,总部仍没有把武器运来。海涛当然不知道这些,也因此就不会卖完了花专等着掩护同盟会运枪支。他像往年一样,交完了租金就回了陈州。

春节过后,起义总部从海外和内地同盟会会员中挑选八百名敢死志士,组成先锋队,准备于十三日分十路进攻总督署各要地。后因人员及军械未及时运到,决定延至四月二十七日发动,改十路为四路进攻。当日下午,黄兴率先锋队一百余人,进攻两个总督署,这一百余人中,就有赵岩。总督张鸣岐逃遁之后,起义军与李准卫队相遇激战,黄兴中弹断右手两指,率十余人且战且走,最后仅剩黄兴,渡江到河南脱险,化装逃往香港。事后有人收得此役中殉难者的遗骸七十二具，合葬于广州黄花岗，史称"黄花岗七十二烈士"。

这当然是后话。由于陈州闭塞，海涛当然也不知道这些。赵岩死后几个月，海涛又从曹州买来牡丹根，带队浩浩荡荡开往广州。海涛走进赵府的时候赵家已基本上家破人亡。赵岩也是独子，赵岩的父亲为儿子惨死而悲痛成疾，接着也命归黄泉。海涛望着赵岩的母亲许久没说话，最后跪在地上喊了一声娘。那时赵母已年过花甲，年老丧子又丧夫的打击使她精神错乱不能自理。海涛觉得赵岩革命失败后的重担已落到了他肩上，便花钱为赵母买了个丫鬟，专门侍奉老太婆。

那一年春节，海涛破例未回陈州，并派人给家父说，由于天气原因，牡丹全赔了，只让人送回了茉莉花。海茂馥当然不信，以为儿子在广州染上了什么"不良"，急忙赶到广州一看，原来海涛把开放的牡丹花全献给了七十二烈士，黄花岗一片灿烂！

海茂馥没说什么，只拍了拍儿子的肩头，他为儿子能控制住自己的激情而欣慰。要不，怕是要七十三烈士了！由于兵荒马乱，陈州海家花局的生意开始冷清，不久就衰败了。万般无奈，海老先生后来只好带领全家去广州投奔儿子。

那时候，赵岩的母亲已死，海涛以合法身份继承了赵家的财产，在广州立住了脚，而且仍是照常经营牡丹和茉莉，生意十分红火。

有一天,闲来无事,海老先生夸儿子有远见,要不,海家花局就彻底完了!海涛笑笑说:"在非常时期,感情投资往往是无价之宝!"

海先生想了半天,也没悟出个所以然,只觉得儿子比自己有本事!

蒋家饭庄

陈州东湖街口,有一家蒋家饭店,因为距县府近,又加上老板蒋孩很会做生意,所以整天宾客满座,门庭若市,真可谓是生意兴隆通四海,财源茂盛达三江了!

蒋家饭庄生意兴隆的原因除去蒋孩会经营外,最主要的是几道看家菜,其中最著名的是一道"吃鱼还鱼",堪称陈州一绝。

据知情人讲,这道菜是一个外地人传给蒋家祖上的。

因为蒋家饭庄距府衙、县衙近,前来就餐的多是达官贵人。一天,店里来了一位老人,穿着褴褛,蓬头垢面,肩背钱袋,进店站了许久,饭馆堂倌、掌柜只顾招待贵宾,对其不理不睬。老人见无人理,只好自己寻了个空位坐等,直到众宾客散席,堂倌才过来,漫不经心地问:"吃点啥?"老人望了那堂倌一眼,不屑地说:"看你们出的菜也没什么像样的,给我做盘吃鱼还鱼吧!"堂倌一听傻了眼,不晓得这是道什么菜,忙去后堂禀告主人。蒋掌柜听后惊讶不已,也不知此菜是如何做法,于是慌忙趋前向老人赔礼说："老人家您见谅，敝人实在无才，见识不广，还望不吝赐教！"老人看蒋掌柜甚为虔诚，朗声说道："生意兴隆靠技艺，财源茂盛看待承。老夫坐这半晌，没人搭理，还不是因为我穿的破，一副穷相嘛！如此衣帽取人，岂能让生意长久兴隆呢！区区一道小菜，就让你们如此作难，饭店怎好再往大里做？好吧，老夫看你诚心道歉，今天就献一回丑吧！"言毕，老人净手挽袖走到案前，手捉一尾活鱼，片刻之间，去鳞鳃净肠肚倾油入锅，猛火烹炸，再文火熏煮，佐料入味，煮到鱼腹胀彭，盛入盘中。此道菜的吃法也别致，不用筷勺，仅以一段中空麦秆插入鱼腹，用嘴徐徐吸吮，其味鲜美香醇，待将鱼肉吮尽，盘鱼依然完整如故，原盘端回，故称"吃鱼还鱼"。

一切完毕，蒋家主人惊诧不已，细问了，方知老人原是京都名店大厨，由于八国联军进北京，家遭横祸，只身逃出，要回安徽老家，又途遭土匪抢劫，方落到如此地步。蒋家主人为讨技艺，诚恳挽留。那老人念家心切，执意要走，蒋家主人送其银两，又雇车相送。老人见蒋家主人也是善良之人，这才留下几日，又授给蒋家主人几道京城名菜。消息传出，蒋家饭庄的生意更加兴隆。

到了民国二十几年的时候，蒋孩当了掌柜。这蒋孩是个聪明人，不但对饭店管理得当，对菜的质量也毫不放松，尤其是店内的卫生，抓得更紧。其中分得很细，从店员的服装、言谈到指甲、发型都极讲究。并要求送菜不准对着托盘说话，端汤时注意大拇指的位置，几乎是事无巨细。蒋孩说别看这等小事儿，可影响大局。你的大拇指挨着汤，顾客就会"硌应"，端菜时说话不扭脸，唾沫星子就会乱崩。别家饭庄的操作间，一般是不让顾客进去的。而蒋家却可以随便参观。因为蒋家饭庄的干净不只是表面，内外一个样。做菜的大师傅一律光头，戴厨帽，穿洁白上衣围洁白围裙。厨间灶台都时刻保持清洁。只是顾客不能入，只能隔着玻璃观望。当然，这也是为了卫生。除此之外，蒋掌柜很注意名牌效应，雅间大厅都装得很富贵，让人觉得到蒋家饭庄就餐是一种身份的象征。又因为饭庄距县府近，各机关多在那一条街上，蒋家生意就越做越活了。

可不想就在这时候，日本人占领了陈州。国民县政府欠了蒋家饭庄近万块大洋，南迁项城。近万块大洋，在民国二十七年的时候可是巨款。县长许茂金已许下到年底还五千，不想日本飞机一来，政府仓皇逃到了项城。蒋家饭庄虽然生意兴隆，但赚的多是政府各机关的银钿。这些机关也多是先吃记账，到年底还上一部分。老账摞新账，账账不清。蒋掌柜称此种经营法为"狗吃糖稀，拉拉不断"。但开饭庄若不如此也很难发财赚大钱。为对付这些官员吃喝，饭店多将菜价算高。就是说，一万块里要有二千元的"水账"，防的就是这突然的变故。因为官员更换不定，若老官调走或下台，新官不认怎么办？开饭店是需本钱的，折本的买卖干不得。这叫你有千条计我有防范法，也算是私家饭店对付官府的公开秘密。可这一次不同了，政府连窝端了，别说多记的"水账"，怕是连本钱也难以讨回。蒋家饭庄虽然资金不缺，但一万大洋毕竟也不是小数目，若再加上其他机关欠下的饭钱和酒钱，几乎占去了饭庄的半拉底金。蒋老板为此很着急，最后决定亲自去项城讨账。

当时陈州为黄泛区，洪水虽然下去了，但冲出了一道"小黄河"。小黄河距陈州只二十里路，若去项城必须要乘船渡过小黄河，然后再渡颍河才能到达。也就因有了这两条河，才算阻住了日本鬼子往南侵的铁蹄。那一天蒋老板只带了一个账房伙计，让其背着陈州机关的欠账薄去了项城。他们先搭马车到姚路口，此处有一大码头。小黄河水面很阔，朝南望白茫茫一片，足有七八里宽，必须雇船才能到对岸。此岸为沦陷区，有日本人把守，过了颍河是国统区，有国民党军队守卡。为躲开日本人的检查，蒋老板与那伙计跑到下游几里处雇了一条小船，悄悄朝对岸划去。

事情本来很顺利，不想船行到半路，突然来了日本鬼子的飞机。因为他们没在日本人规定的水域内过河，日本飞机就认为他们是偷渡，先扔了几颗炸弹，然后又用机枪对船扫射。蒋老板和艄公中弹身亡，船被炸翻，那个小伙计被掀到了水里，亏他命大，抱着一块船板划上了岸。

小伙计姓万，叫万来。万来上岸后见账本已湿，急忙掏出晒干，他觉得老板已死，自己有机可乘，便将账本放在一处，然后才回陈州报丧。蒋家闻此噩耗，悲痛万分，办过丧事，才问万来账本一事。万来说账本被飞机炸飞后沉在了水里,没了。蒋家人信以为真,反劝万来不可为此事担忧,那钱全当为抗日募捐了!万来见蒋家人没起疑心,便说自己因惊吓过度,已落下疾病,然后就辞了工。

万来辞工后拿着账本,去了项城。他先试探着到税务局,悄悄对局长说:"贵局欠我们饭店三千元,我只要一半,剩下的归你如何?"那局长自然同意,当下就签字让会计付账。看试要成功,万来很高兴,接着,他就用此法讨得了近万元,然后带钱去西安办了一个饭庄。为感谢蒋家,他的饭庄仍命名为"蒋家饭庄"。那时候陈州的蒋家饭庄基本上已经破产,万来就将大师傅高价聘走,由于蒋家名菜货真价实,很快就在西安打出了名声,生意很是兴隆。

几年后,发了财的万来回到陈州,出资将陈州蒋家饭庄重新办起。蒋家人很是感激,称万来为恩人。但此举也引起了蒋家人的疑心,便雇人侦探当初账本落水一事。只是事情已经过去几年,受贿的当事人也不会泄露半点信息,算是白忙了一场。最后此事被万来得知,苦笑道:"看来,改恶从善也不是易事哦!"

陈州浴池

陈州浴池在北关蔡河桥北,是一回民建的,建筑样式考究别致,雕花描金充满民族风格。浴池名为"清华楼",三层高。"清华楼"三个红漆大字呈半月形阳嵌在门脸上方。走进一楼,迎面置一红色玻璃影背,"欢迎"两个大字异常醒目。一楼设普通木制浴床六十多张;二楼设雅座,以大池为中分为南北两部分,共十六个房间,三十二个钢丝浴床,什么大围毛巾、真皮拖鞋、面盆、香皂、香水什么的设备齐全;三楼辟为特座,五间十张"美人榻"———一种较高级的钢丝床,榻头置一退光漆椭圆形茶几,上放有景德镇产细瓷茶具一套。"美人榻"夏着凉席,冬铺红缎子镶边真狼皮褥子,翻领浴衣挂在衣架上,全是富贵型设备。房里是西洋产大瓷浴盆,内盆边靠近墙设有轨钢精电光活动皂盒,台上放有高级香皂、芝兰香水、玫瑰香水、白美人香水等,另置有梳洗用具一套。另外,三楼还设有凉台一处,十二张白漆木架竹身凉躺椅分开摆放,中间以绿漆竹帘隔开，头枕处放一花瓷片镶面的白色茶几，躺椅上方悬布制人力风扇两部，东西两厢置有巨画两幅，东为日出之景，西为日落之色，暗含提醒浴客时间之意。凉台地面为彩色镶铜丝水磨石，四边为蓝色，中为槟榔池花，四只蝴蝶图案围绕着园花富贵图，四周包柱上挂有古铜色木制阳刻楹联：

石池春暖人宜浴
水阁冬温客更多

清华楼的一楼和二楼都砌有洗浴大池，全镶白瓷片，楼梯、走廊、房间均铺的是棕色全毛地毯，门、窗、墙壁均用白漆漆就，布帘全是淡青色杭绸，素雅又不失其豪华。

老板姓艾，叫艾都力，其兄艾都文在汴京任省财政厅厅长，常去汴京的浴华楼洗浴，便出资让弟弟在陈州仿建了一座。因艾厅长是陈州城第一个考入清华大学堂的，所以特为浴池取名"清华楼"以示炫耀和纪念。

浴华楼是开封城的名澡堂，许多达官显贵、名士红伶均前去洗浴。据传北洋巨头曹锟、河南省主席胡立生都是曾到浴华楼洗过澡。为此，胡立生还曾作《竹枝词》一首：名震中原浴华楼，西天瑶池孰与羞。明塘碧水冬春暖，堪笑大河空自流。由于浴华楼名声远播，不少外国人也常时光顾。生意好自然能赚大钱，据知情人说浴华楼日常收入是六七百大洋左右，而当时，一块钱即能买洋面两袋，真可谓是日进斗金了。

也可能是浴华楼这棵摇钱树，让艾都文动了心，才出资让弟弟艾都力在陈州建了清华楼。清华楼开业之前，又让艾都力在陈州挑选二十名精壮小伙子专到开封浴华楼培训学习其一流的经营管理，一流的服务质量。赶巧浴华楼的老板魏子青也是回民，再加财政厅厅长的面子，魏子青不但接纳了艾都力，还专派锅炉师傅去陈州传授经验。

陈州虽比不上开封省城，但因艾都文是省财政厅厅长，开业那天，陈州政要、富豪大贾、地方名流都前去捧场。艾都文那天还专程回到陈州，并带了好几位省府同僚助威，很是热闹。艾都文对弟弟说，陈州毕竟比不过省城，办浴池不要太贪，主要是在家乡人面前树立一下咱艾家人的形象。就是说，在理念上要清楚，开业后大池要大众，小池要小众，大众的意思就是大池收费要低到一般富裕人家能消费得起，小众收高，要高出档次，差距要拉大，大得让有权有钱人一听就是他们的地位象征为最好。

艾都文如此细心，主要是因为他的弟弟艾都力只是一个在城北关开羊肉铺的小老板，现在突然让他掌管如此大业他不放心。据知情人说，艾家祖上当年从青海过来时，全凭着一把刀一杆秤置家立业。到了艾都力父亲掌管家业时，开始注重文化，省吃俭用供大儿子艾都文读书。艾都文也十分争气，清华毕业后又去日本留学，回国后进了省府，眼下又混到了财政厅厅长的要位，但尽管如此，艾家在陈州人眼中还属暴发户，常被称世家贵族阶层瞧不上，艾都文极力办这座清华楼，确有出口气和显摆之意，只是楼好建，人才难寻，他就兄弟二人，把此重任交给别人又不放心，眼下让一个卖羊肉的弟弟来管理，他确实放心不下。

可艾都力对此却不在乎，他对哥哥说："哥，不就是开澡堂子吗？这有啥难？你看好了，兄弟我决不会给你丢脸！我多给魏老板再多讨教几招儿不就是了！"艾都文一听弟弟说这话，知道是自己太多虑了，心想既然如此，就放心让他去折腾吧！

艾都力那时候四十岁刚出头儿，正值壮年，开羊肉铺的时候，宰羊是把好手，最快的时候十分钟就可以将一头活羊宰杀剥皮开膛扒肚，二十分钟后能将肉骨两分开，由此就练就了一副急性子。当然，也由于他这种性格，当初父亲便没像供他哥哥那般供他读书，只教了他卖羊肉的本领。现在哥哥将此重任交给他，尽管他嘴上很硬，但自己心里也很发虚，虽然也去开封浴华楼向魏子青请教过，但那些只是外表，他知道，虽同是浴池，由于地域不同管理也不能死搬硬套，自己必须找一条自己的路子方能取胜。

那时生意人想赚钱必须要依靠政府，官商勾结是最快的生财之道。艾都力开羊肉铺时，就曾靠着兄长的面子与陈州政府各部门拉上了关系，所以每到春节各部门送礼的羊肉多是由他供给。现在自己不卖羊肉要洗人肉了，如何傍上政府呢？艾都力想了半宿，最后决定印洗澡票，票分两种，有金票和银票，金票上小池，银票上大池。印好澡票之后，他就挨部门送票，先用金票贿赂头目，然后劝说头头们为属下买福利票，价格优惠。为着省府艾厅长，又为着让下属们洗个便宜澡，各部门的官员无不接受，只这一招儿，艾都力就稳赚了一把。接下来，他又派人四下推销澡票，由于价格优惠，销量很可观。

　　艾都力旗开得胜，十分高兴，专给兄长打电话汇报，艾都文没想到这个卖羊肉的弟弟竟有如此奇招儿，大喜过望，夸赞道："没想到你还是这方面的奇才！不过，送给官府的价格定得太低了！"艾都力说："哥，我认为已经不低了！"艾都文说："不，还太低，要涨上去，翻倍涨！"艾都力一听这话，惊诧地问"什么？翻倍涨？人家要不买咋办？"艾都文笑道："你放心，他们一定会买的，而且比现在还积极！"艾都力不解地问："为什么？"艾都文压低了声音说："因为我要升副省长了！"

德厚当铺

民国年间，陈州最负盛名的当铺是大南门里的德厚当铺。

当铺和商店有所不同，它既没有招揽顾客的橱窗，也不设货物陈列的展柜，而是门前挂出一块四方木板的幌子，其间刻着一个涂上红油漆的大"当"字，也有的在"当"字左右角上以小字写出字号的前两字，比如"德厚""分济""益生"什么的。当铺的两扇黑门都是铁页包钉，高高的窗户穿铁棍，店铺里面阴森昏暗，四壁贴着黄绿纸条，写有"虫咬鼠伤各所天命""失票无保不能赎取"之类的警示。迎门不远处便是一堵砖砌的高大柜台，它比普通人要高出一头，柜台上边装有铁护栏或木栅栏，仅在接待当户的地方留有方口，接当人坐在里面的高凳上向下俯视，典当人只有仰着脸，踮着脚，举起双手才能交物接钱，遇有大的物件，只能在店主监视下另开便门抬至门口，再由伙计搬进后面的储藏大库。

当然，当铺有当铺的规矩：一是太破旧的东西不收；二是贵重货物只能当个半价，最多也不过按其原价六成收钱，以防不来赎号；三是凡从当铺取出的钱，皆得背上大三分的高利贷，即当得一百元，每日付息三元；四是典期多以一年为限，到时必须本利还清，逾期不赎为"死当"，押品没收，凭当铺自由处理。这当然是一桩获利丰厚不用担心赔本的生意。但又不是一般人都能干得了的买卖，首先须有雄厚的资金做铺垫，其次得有当地官绅做后台，再就是要具备老鹰抓小鸡般的利爪，心不狠是开不得当铺的。

德厚当铺的老板姓史，原在天津卫悦来当铺里当头柜，后来回陈州投了靠山，自己独当一面，生意极其红火。头柜，也就是接柜的，这种人都是行家里手，精于谋算的人物，无论是珠宝玉器，金银首饰，还是古玩字画，皮毛衣物，一经其过眼，便可鉴别是什么货色。按现在的话说，这头柜人物至少是半个考古家、鉴赏家。除此之外，史老板还会察言观色，能揣度出典当人的身份和心理。瞧你必须得当，又无力来赎或不准备来赎，那就盯得准，抓得狠，掐着你脖子来杀价，逼你就范。

当然，他们也有"走眼"的时候。一般这种高手"走眼"大多是碰上了"吃当"的。

大凡世间万物，有正就有反，有对就有错。"吃当"，顾名思义，就是专门吃当铺的。

旧世道干"吃当"这一行，也多是有本事的高手。他们多以假货充真货进当铺，从精神到气质，都要作假。想以假乱真，瞒过头柜的眼睛,自然也不是易事。因为造假者都有一个通病:多造名贵之物。最易造假的,就是名人字画。造了假画,再充卖画人。一般藏有名画者,多是家道中落的破落子弟,穿着气度,走路做派,自有其特别之处。要冒充这种世家子弟,自然要从他们的学识、心理、举止上勤于研究,常常出没于他们之中,才能领略一二。

当然,造假画者也不是专用画来唬当铺,除"吃当"之外,他们也吃暴发户。因为附庸风雅由来已久,有破落户要卖,就有暴发户要买。他们先取来真品,然后造假卖给暴发户,从中牟取暴利。因为古人作画用夹宣,装裱师有本事将其揭开,画的上一张裱后为真品,而下一张则可据墨迹另加描摹。如此一张名画,可一描再描,几无穷尽。德厚当铺初开张时,史老板就见过一帧仇十洲的仕女图,几经鉴别,才认出是伪品。因为工笔画不比写意画讲究神韵,而是贵在秀丽干净,一览无余,且又容易描摹,因而赝品屡见。见识少的人,很容易上当。

由于史老板眼高,陈州一些暴发户购买名画时,多请他来鉴别。史老板怕丢名声,鉴画认真,识出不少假货。有一次,有人要出手唐寅的《美人望月图》,题款为欧阳修词句,"月上柳梢头,人约黄昏后"。画面只见美人背立于杨柳下,长发过肩,发丝细密可爱。史老板细观之,良久方说:"唐伯虎一代风流,曾与仇十洲齐名于明代。论说,此画以诗句配,相得益彰,只可惜是一幅赝品。假就假在这美女发型上,你们看,这多么像近代越南妇女之发型！"

如此敲砸造假画者的饭碗，双方就成了仇家。造假者集思广"益"，终于造出一幅假画使史老板看走了眼。

那是一天早晨，史老板刚起床，相公们就来对他说有人要当一轴唐寅的画。一听是唐寅的画，史老板就格外小心，亲自走进当铺仔细观赏，不知什么原因，史老板看走了眼，当下就给了那人五百元现大洋。两天后的午饭时辰，史老板取画到日下再次鉴定后，方认定是件赝品，大呼上当。

第二天，史老板在城里陈州饭庄请了一桌酒席，邀来一些陈州书画界名流共同鉴赏这张画。当众人皆说是假货时，史老板便自认倒霉，且当众焚了画，并说要以此引为大辱，牢记"失眼教训"。此事很快传开，史老板的目的是引诱典当人前来讹钱，其实他并没有把原物烧毁。不想史老板等了几年，也未见典当人前来赎画。

为引以为戒，史老板挂起了那张赝品。

从此以后，他再不出山为人鉴画。

汇增金店

很早的时候,陈州只有一家金店。

虽只此一家,但也是百年老字号,叫汇增金店。旧社会,它在掌握金银行情、制造与销售首饰方面,都有其独到之处。汇增打出的首饰,工精物美,花样翻新,镶嵌镂雕,无不巧奇。有一年,袁世凯回项城省亲,路过陈州,陈州知县赠送其一个汇增金店特制的金如意,柄手盘龙,顶嵌珍珠,精致壮观,正中袁世凯想当皇帝的野心,挥笔给汇增金店写了一副对联:

  汇列奇珍夸蜃市
  增添藻饰夺龙纹

据传此联在汇增金店门前挂了许多年。

汇增在金银成色上极其讲究,金为足赤,银是纹银,并打有汇增戳记。据《陈州府志》载,当年凡持有汇增戳记的金银首饰，到任何外地金店出卖，即按市价不打折扣收买。汇增还有一项明星产品，即白银胎制各样首饰，包三层黄金叶子。这种包金首饰既美观又耐久，三年内不露银地，颇招太太小姐们喜爱。更重要的是，它物美价廉，不但能走进名门大户，也适应中等小户平常人家。那年月，陈州一带的姑娘出嫁，多购买这种金包银的首饰。"能戴汇增一对环，不要翠华一套全"——就是当时在陈州一带流传的歌谣，意思是出嫁姑娘愿要汇增金店制的一对耳环，也不要翠华制的全套首饰。"一套全"是统称，包括耳环、簪子、戒指、镯子等。"翠华"也是一个金店名称，在周家口。歌谣虽有些夸张，但也可见"汇增"声誉之高。

汇增金店能有如此声誉，除去老板能干善经营之外，最主要的是有一条既严格又独特的店规。店内不许有家属相联的人同在本店工作，上下一样对待，其目的是为了避免发生包庇、袒护之情。技工必须分类教好工种，耐心带好徒弟，徒工也必须专心学艺，三年满徒要学到一二种技能，并以此评定薪金高低。也就是说，靠人情面子在店内混不下去，因此才培养出不少能工巧匠。

汇增金店的老板姓叶，叫叶吉。叶吉出任老板的第二年，辛亥革命爆发。那一年叶吉刚满二十五岁，一看天下要变了，便到北京、天津走了一趟，回来后立志革新，在陈州第一个剪掉辫子，留了"洋头"，脱下长袍，穿上了西服，轰动一时。尤其年轻老板穿西服戴戒指领带别着金卡的派头，成为陈州公子哥儿们极力效仿的榜样。一时间,前来订货者络绎不绝。

叶吉不但穿着上领风骚,在工艺上也赶新潮。他发现随着时局变化,金手镯已经过时,而且价格昂贵,用金多,曲高和寡,不是一般人家能买得起的。为弥补金货中的大件,他看上了金项链,便派人到上海华丰金店学制项链,而且鼓励自己的夫人穿旗袍戴项链出入各种交际场合,很快就在太太小姐中掀起一股项链热,使得汇增生意空前兴隆。

大概就在这时候,袁世凯在北京就任中华民国临时大总统。

袁世凯上台后,一心追求独裁专制,悍然恢复帝制。为筹备元旦登基,袁世凯派人到陈州汇增金店,要叶吉制造一顶金皇冠。

叶吉带领能工巧匠,经过几个月的努力,终于制成了袁世凯称帝加冕之皇冠。皇冠沿用大清形式,上立一金质冠桂(即圆柱形的帽疙瘩),胫柱盘龙,上嵌大珍珠一颗,精致壮观。皇冠镶嵌镂雕,工艺极其复杂。

皇冠制成之后,叶吉怕出意外,急忙骑快马亲自送往京城。不想袁世凯一看很不高兴,说是大清已灭,怎能再沿用外夷之形式?袁世凯迷信,对什么事儿都忌讳。称帝加冕,皇冠是第一紧要。当初袁世凯怕国人反对他走回头路,龙袍、皇冠均不敢在京城制作。据说他所穿的龙袍是由天津卫某著名服装店承办,早已秘密地织成,全用真赤金丝织成,遍嵌珠宝,其中最名贵的大东珠,则取自清宫内库。仅服装所用的金珠,价值即在十万银元以上。为此,袁世凯制皇冠也是秘密的,他知道陈州汇增金店的实力和技术,便特意把活儿交给了汇增,不想汇增技术是一流的,观念却如此陈旧!那时候,距元旦登基大典不足十天时间,差没二派,袁世凯就命叶吉火速再制一顶新皇冠,而且必得在三十一日夜十二点之前送到京城袁府内。

叶吉火速赶回陈州。

因为当时的好马比火车还快,叶吉仍然骑马抄近路而回。不料赶到开封时,天下大雪,黄河结冰,不能行船。叶吉不敢怠慢,又顶风顺河西上,从新乡搭火车到漯河。也可能是天意,叶吉到达漯河时是凌晨三点,大雪一直未停。漯河距陈州还有二百多华里,由于火车不准人畜混装,叶吉的快马在新乡已廉价处理——也就是说,剩下的二百多华里必得雇车或乘船东行。只可惜,沙颍河也已封河,通往周家口、陈州的官道上一片白茫茫,雪落二尺深,不但没车,连马也雇不到。万般无奈,叶吉只好到骡马行挑选坐骑。漯河骡马行内新进了一批蒙古马,叶吉挑了一匹,怎奈那马在草原野惯了,听不懂叶吉的河南号子,刚上马走不多远,就把叶吉摔到了雪地里……

大雪一连下了几天几夜,待叶吉费尽千辛万苦回到陈州时,已是民国五年的元月三日。叶吉知道大难临头,正准备辞退所有店员然后收拾贵重物品连夜外逃,不想张镇芳已电派陈州县官兵包围了汇增金店。官兵头目看了叶老板一眼,什么也没说，打开金柜，取出碎金数块儿，发给店内所有人各一块儿，然后一个一个逼着吞了下去……

当天夜里，汇增金店二十余人无一人生还。

事有凑巧，民国五年六月六日，袁世凯于四面楚歌之中，也是吞金而亡。

那一天，距叶吉等人的祭日正好为一百八十三天，与袁世凯的八十三天皇帝梦有暗合之处。

陈州人说，这是天意！

是天意还是劫数？说不了！

汇宝金店

陈州城百年老字号汇增金店,因给袁世凯制皇冠倒闭两年之后,汇宝金店才开门营业。

汇宝金店的老板姓龚,叫龚瑞昌。龚老板是安徽亳州人。龚家上辈在亳州城里开药号,门面不是太大,生意却很兴隆。龚家药号除去卖一些常用药材外,还卖胎盘。胎盘的中药名叫紫河车,据传有补肾益精、益气养血之功。旧时多信迷信,女人生了孩子,对胎盘的处理极其慎重,多是让家人秘密埋入地下。尤其是生了男娃娃,更是视胎衣为"圣物",一般只有丈夫亲自处理,大多是深埋在自家院内。再加上旧时妇女生娃娃多在自己家中,胎盘更难得到。龚家上辈为能做此独门生意,除去收买接生婆外,竟串通盗墓贼去挖因难产死去的孕妇之墓。有一次行事不慎被主人家抓获,盗墓贼咬出幕后主使,龚家药号从此声名狼藉,只好离开亳州,来到陈州开金店。

所谓金店，有两个不同的含义：一是收购黄金加工成首饰出售——像百年汇增就是这样的金店；二是含义近于金融，也称金店，主要是以买卖黄金兼做押汇为主，附带也做加工活。后一种金店多在大城市，一般县城里很少见。金店一般都收购旧金首饰之类，首饰上若打有本店印记的，就不需看成色，只去灰即可。汇宝金店的印记为"上上足赤汇宝"后面还有个打印的图章，通称"保作章"，就是原初做这件饰物的技术师的名章，其作用是，如果出售后买主发现毛病，如掺沙等退货时，这技师就要负责。如不是本店出品，就需要看成色，按成色付款。所谓看成色，就是在收购金首饰时，在试金石上比较金子的成分。

民国年间黄金是以两为单位计价，所谓"换"，就是每两黄金换多少银元为一换。（比如，一两黄金换八十块银元）。金店黄金的来源除去柜台收购外，主要是靠到上海或天津购金条。金条一根十两，这种纯金可直接做成成品出售。成色不足的还要加工成纯金才能做成品。加工纯金的方法是先将金子捶成金叶，然后在炼金炉里炼一炼。炼金炉是方形的，铁门，可以上锁。炉底垫上约五寸厚的沙，将金叶叠起放在沙上，周围围上木炭，燃火后上锁，炼二十四小时后开锁，炭尽火熄，金叶被炼成一块，但杂质已被去尽，变成了上上足赤的纯金。当然，金叶入炉时放有药物，技师保密，外人难知。除去赤金制成的成品外，还有九成金、包金、镀金的，当然，价格也各异。九成金是每两赤金加入一钱紫铜化合而成；包金是将银制品和一根金丝放入融化的赤金水中浸沾而成；镀金是在容器里放进药水，同时将银制品和一根金丝放入镀成。这都是很有技术含量的活计，除去技师，一般人干不了。

汇宝金店每年多去上海购买金条，执行这项任务的，有时是老板娘夫人，有时是老板的妹妹龚瑞雪。

龚家小姐龚瑞雪原来在开封女高读书，因与老师搞师生恋被劝退，无奈，她只好来帮助兄长做金店生意。龚瑞雪长得很漂亮，曾被誉为开封女高的校花，那姓赵的教师是北平人，长得很"艺术"，弹拉歌唱皆出色，所以就赢得了龚小姐的芳心。名花提前有主，遭到许多人的妒恨，最后被人堵在那教师的卧房里，真真假假地被臭了名声。结果当然是两败俱伤，她被劝退，那位赵先生也被辞退。论说，同是落难人应该有个好的归宿，不料那姓赵的一回北平就变了心，龚小姐只落了个"空悲伤"，差点儿自杀寻短见。好在龚瑞昌的太太很善良，那些日子日夜陪妹妹，又劝又哄，才使她回心转意，为报复那姓赵的，她一连去了二十封信，全是漫骂与诅咒的话语，才算略解心头之恨。

龚小姐失恋后，心情一直不是太好，尽管嫂嫂劝她去了几趟上海，可回来后仍是精神郁闷，再加上无所事事，她开始朝铺子里散心。有一天，她突然听伙计们说要炼金了，觉得炼金一定很好玩儿，于是就去作坊里看技师炼金。

汇宝金店请的技师姓黄,叫黄福生,苏州人。这黄师傅原在汴京城一家金店当技师,由于长相帅气,与老板的小老婆有暧昧关系,后被老板发现,将其开除了。因为汇宝初开业时,聘不到技师,龚瑞昌就聘用了他。那一年,黄福生刚是而立之年,由于常年在室内做活计,面目颇显年轻。他个子稍高,一脸秀气,颇有女人缘。龚瑞雪见到黄福生时"震"了一下,她没想到哥哥聘用的技师竟是一个如此年轻如此英俊的南方人。黄福生虽然年轻,但已是情场老手,他从龚小姐看他的眼神中立刻就捕捉到了某种信息,于是就很认真地回望了小姐一眼——是那种含情脉脉的眼神,一下就击中了龚家小姐。

店里陪她来的伙计对黄福生说:"这是龚小姐,今天专来看你炼金哩!"黄福生又看了看龚瑞雪,笑道:"欢迎龚小姐大驾光临呀!"龚瑞雪矜持地笑笑,看了看那炼金炉,问道:"炼金要用火吗?"黄福生笑道:"是呀,真金不怕火来炼嘛!"龚瑞雪这才感到自己问得太幼稚了,自臊地笑了笑。黄福生看透了这一点,忙命令一名徒弟:"还不快给小姐看座,让小姐看看我的好手段!"龚瑞雪听得出是黄福生为自己掩窘,心想这人很是善解人意,禁不住感激地望了他一眼,笑了笑。黄福生心有灵犀对龚瑞雪说:"龚小姐,你只管睁开秀目仔细看,这活技太脏,就别下手了!"黄福生如此一幽默,惹得龚瑞雪把不住地好笑,像是一下赶跑了圈在心中的郁闷,开心了许多。

这以后，二人就相熟了。

二人很快就将关系发展到了不一般。技师在雇员中的地位是最高的，包括老板有什么想法或打算都找技师商量。这样，黄福生来后宅的机会就多一些。他每次来，总要有事无事地到龚小姐房里坐一坐。龚瑞雪怕引起哥嫂怀疑，就主动朝作坊里跑，并对伙计们说，她想写一部有关炼金术的书，特来向黄技师请教。如此一来二去，二人的感情就发展到了顶点，一不小心，龚瑞雪就怀了孕。

这一下，二人都很害怕，龚瑞雪提出要黄福生明媒正娶，黄福生说那几乎比登天还难，因为他十分清楚，虽然自己身为技师，但毕竟是下人，门户不相对，龚瑞昌肯定不会答应！怎么办？两个人商量来商量去，最后决定私奔。当然，他们也十分清楚，最好的机会是等龚瑞昌让龚瑞雪去上海购买金条时，携款私奔，这样日后的生活就有了保证。

可是，黄福生万万想不到的，这时候龚瑞昌突然要带妹妹去北平找那个姓赵的教师。兄长的如此举动，连龚瑞雪都大惑不解。但龚瑞昌的态度极其坚决，对妹妹说："你们的事儿我全知道，这人不可靠儿，终身大事儿戏不得！我知道，你心中仍是那个姓赵的，跟这个姓黄的，只是把他当成了那姓赵的替身！你现在身怀有孕，就说是那姓赵的，看他还如何抵赖！若他不答应娶你，就告他！让他身败名裂！"

龚瑞雪听哥哥如此理解自己的内心，很是感动。当下兄妹俩就一同去了北平,不想那姓赵的已经结婚,娶的是一省府大员的千金,见龚家兄妹来闹事,十分害怕,最后几经说合,才用三万大洋私了。直到那时,龚瑞雪才明白哥哥的真正目的,又气又羞,没回到陈州,就投黄河自尽了。

益宛银号

很早的时候，赵祥在周口的和顺银炉学铸银。由于他同经理王星元是亲戚，经常受托代办银炉业务。当时大量沪盐进入中原，盐业每天都有大批课银铸成元宝交送银行。赵祥在代办银炉业务中就显示出了他的手艺和才能，受到周口银庄掌柜的赏识，应邀到陈州开办银号，为银庄铸银。后来，赵祥又通过周口银庄掌柜结识了陈州金融界名人董宪兴和陈州政界一些要人，建立了益宛银号。

赵祥给人的印象是性格耿直，平时向不负人，兴办益宛，实现了他的夙愿。他首先通过提高铸银质量，建立信誉。在他亲自掌握下，益宛铸宝的质量是当时陈州、周口多家银炉中最好的一家，争得了大量的铸宝业务。据说，益宛银号当时在陈州开五盘银炉，每盘每日铸银三千两，总计每天铸银达一万五千两以上。除获取加工费外，还有过往银贷出的利息，获利很是可观。

不久，赵祥就成了陈州首富。

铸宝，就是将零碎银铸成元宝，八两、十六两、三十二两、四十八两不等，便于保存和流动。"过往银"是一种时间差，如你铸三千两银，本可当天取货，但不让你取，说需三天方可铸好，于是，三千两银便可放贷两天。也就是说，过往银如水般从银号里流过，总要沉淀一些东西。这"沉淀"二字，就是银号所赚了。

益宛银号发财快的原因除此以外，还有一条重要途径，就是干黑活。

所谓黑活，多是指盗匪偷取官府的银子。一般官银，上面多打有戳记，多是赈灾或兴修水利的专用银，就是盗得也不好在市面上流通。为把死钱变活，强盗们就寻银炉把银翻铸一回，由大变小。这种活儿很危险，抓住了要与匪同罪，一齐掉脑袋。但抓不住就可以暴富。因为这种银利大，一般都是"三七"开。当然，官府也不是吃干饭的，一旦发现银库被盗，首先要查周围的银炉，警告银匠们要严防有人来铸官银，知情不报者，斩！

但"人为财死，鸟为食亡"，尽管如此，仍有人铤而走险。

赵祥就是其中的佼佼者。

赵祥干黑活有三条规矩：一是不铸"热银"，意思就是刚盗的银子风险大，价儿再高也不接活。二是不小打小闹，也就是说点点滴滴的他不干。他说铸十两是杀头，铸万两也是杀头，何必小打小闹地惹是非？这是拿性命做赌注的险活儿，决不能儿戏。三是干活认人，专挑那些有本领的江洋大盗，而且人数极有限，怕的是事情败露后受到株连。原因是人少易保密，属单线联系，加上大盗有大规矩，虽不是英雄豪杰，但讲义气，不会轻易供出帮助过他的人。

经常让赵祥铸银的有一个姓林的大盗，叫林豹子。林豹子专偷官府，盗得官银之后并不急着出手，多是等到风头过后再让赵祥重铸。这当然不容易被发现，所以赵祥也不忌与他合作。

赵祥和林豹子一联手就是七八年。赵祥成全了林豹子，林豹子也使赵祥很快成了陈州首富。只是干这种黑活虽然捞钱快，但毕竟提心吊胆。人穷想发财时可能会不择手段，但发财之后就想当正人君子了。赵祥也不免俗，发财后一心想洗手，当个正经金融家，谋个社会地位。当然，他也十分明白，上贼船容易下贼船难，解铃还得系铃人。于是，他暗地里与林豹子约会，说了自己的想法，并许诺说如果林贤弟也肯金盆洗手，日后的生活费用全由益宛承担。不想林豹子听后冷笑一声，说："赵兄一直在暗处，发了黑财仍然可以出头露面，出入于上流社会，而我林某从做匪那一天起就没了退路，并在官府挂号已久，就是金盆洗手了仍要东躲西藏，过不得一天安生日子。如若放下武器，等于束手就擒，还不如手中有枪有刀有矛地过个痛快！"赵祥见劝不醒林豹子，只好摊牌说："贤弟若仍想发黑财，愚兄不勉强，你只有另请高明了！"林豹子也是义气之士，听赵祥要"改邪归正"，双手一拱道："既然如此，你就走你的阳关道，我走我的独木桥！"赵祥见林豹子如此爽快，很是出乎意料，急忙施礼道："日后贤弟若有用我之处，我定会两肋插刀，在所不辞！"

就这样，二人分道扬镳了。

赵祥一洗手，心里没有了负担，顿觉处处是阳光，对前途充满了信心和力量。根据自己的实力和影响，他很快就当上了陈州商会会长。不想正在他春风得意之时，突然发生了令他胆战心惊的事。

这件事情当然还是铸黑银。近期官府一连抓住了几个盗贼，这些盗贼并不像他想象中那样讲义气，而是刚被抓住就供出了当初为他们铸过赃银的银号老板。一时间，血染刑场，让周口、陈州、界首一带的银号老板们提心吊胆，全都变了脸色。

为此，赵祥也就极担心林豹子的安危，当然，他归根结底还是为自己担心。实践证明，林豹子的许诺绝对不可靠，义气这玩意儿有时候只能哄哄三岁小孩儿！因为官府肯定就是专门对付匪与盗的，林豹子不吃硬，官府肯定会用别的办法引诱他！面对金钱、美女、地位，谁敢保证他不说？

想来想去，赵祥觉得最好的办法就是杀人灭口。

怎奈林豹子是盗界明星，官府还奈何他不得，想杀他绝非易事。但明杀不得，还可暗杀，只是名人要价高，赵祥找一刺客，那刺客张口就要十万两。为保平安，赵祥咬咬牙，认了。

不久，那刺客就把林豹子刺杀了。

赵祥得知林豹子已死，很是高兴，当下给了刺客十万雪花银，算是两清了。不料那刺客刚走，赵祥又疑惑起来，心想若是这刺客被抓或泄了密，别人一定会问赵祥为何花如此大价要林豹子的头，不用多猜，只一猜便可猜出个八九不离十。若这消息被仇家知道，定会告官，官府知道了，定会怀疑铸银一事……事情一败露，若林豹子的同伙得知是我赵祥雇人害的他们大哥，那些杀人不眨眼的魔王岂能罢休……

赵祥越想越害怕，觉得虽然林豹子死了，危险非但没解除，反而扩大了事态的严重性！想来想去，觉得自己亲手把那刺客杀死方最为保险。主意一定，他就谎说再次雇用那刺客杀一个仇家，约那刺客到一个酒楼谈价钱。当天晚上，那刺客应约到了酒楼。赵祥包了一个雅间，偷偷在酒里下了毒，给那刺客斟了一满杯。刺客望了赵老板一眼，笑笑，说："赵老板，干我们这行有个规矩，就是不吃回头草，更不敢喝雇客的敬酒，因为怕有人杀人灭口！"

赵祥一听，白了脸色，正要起身溜走，不想被林豹子堵了去路。

赵祥一看林豹子没死，惊诧万分，气愤地斥问那刺客说："你为什么骗我？"

刺客说："在这个世上，钱是最靠不住的！"

林豹子笑道："愚兄太小气，只给他十万两，而我一张口就给了他十五万两！"

赵祥望着那刺客："真没见过你如此不讲职业道德的人！"言毕，端起那杯毒酒，一饮而尽。喝过之后对林豹子说："贤弟，我是自杀，那钱千万别给这种败类，到这会儿我才明白了，若想让益宛银号红火不衰，这才是最好的办法！你如果执迷不悟，下场肯定不如我！"

赵祥七窍流血，倒了下去。

果然，赵祥的儿子继承了父业。由于赵祥生前一直注意培养儿子，益宛生意一直鼎盛如初，不到十年工夫，就成了方圆百里的著名银号。

再后来，林豹子被官府抓获，杀头之后，家中赃物全被没收。一家人被赶出宅院，沿街乞讨……

那刺客像是从中悟出了什么，安排儿子一番，然后就饮毒酒自尽了。

性和堂药店

陈州药店有好多家，最负盛名的是性和堂药店。据说性和堂药店始创于清末年间，主要经营各种饮片，兼营道地丸、散、膏、丹。该店以品种齐全、质量优质、讲究信誉而闻名遐迩。

性和堂创办之初，是一个微不足道的小药铺，由于东家邱恪善悉心经营，不足几年工夫，就一跃成为陈州药店之佼佼者。

邱恪善，陈州颍河人，世代务农，少年家穷，经人介绍到陈州寿德堂药店当学徒，勤奋刻苦，颇受器重。光绪十二年，他与人合资在北关人和街开办性和堂药店。不久，别人退出股份，性和堂成了邱恪善独资经营的中药店。后来，他觉得北关地势稍偏，就搬到了城里繁华处。

邱老板为人老实谨慎，又系"科班"出身，且善于学习，对各种药材的产地、性能、特点、质量、真伪，以及加工炮制的方法、操作技巧、工艺流程，无不了若指掌。另外，他身为掌柜，却能克勤克俭，以身作则，和职工、徒弟们同桌吃饭，同样干活。每天黎明即起,除去处理领导事务外,抓药、制药样样都干;大家就寝后,他还要在灯下把全天的账目审核一遍,然后把铺盖展到柜台上睡觉,以便为夜间急诊患者抓药。

邱老板如此敬业律己,生意自然好得空前,不到十年,性和堂便成了陈州城内的名药店。人有了钱,一般分挥霍型和扩大事业型。邱老板当然属后者。为扩大经营,邱老板先扩大门面,一改过去店堂门面小巧的格局,一溜儿盖了八间营业大厅。建大厅之前,一下把地基垫高三尺有余,把大厅就建在高台上,使市人走在街上就能对厅内概况一览无余。店内柜台所用的漆也由过去的黑漆改为红漆,目的是用颜色调和顾客的情绪。过去进店,柜台黑,药橱黑,再加上一排排装药的黑陶罐,均给人某种压抑感,现在邱恪善不但把柜台和药橱改漆成朱红色,连药罐儿也一律换成了锡制的,并擦得铮亮,一排排,一溜溜儿,闪烁着希望之光,让人进店都要禁不住为之一振。

为获得南方大药商的信任,抬高自己的社会地位,邱恪善又购得一处三进深的大宅,把家从乡间搬到城内。由于原配夫人不能生育,便娶了二房。不料人生总有缺憾,邱恪善虽然事业有成,可一连娶了五房太太,皆不能生育。邱恪善这时候方悟出毛病可能在自己身上,很是恐慌,请名医,寻名方,药吃了几大箩筐,仍是无后。

如此家业,没继承人,这是个大问题。一般无后者,多走两条路:一条是领养婴儿,一口奶一口饭地喂,大了,自然也就有了感情,叫作"生身没有养身重"。如果保密工作做得好,与亲生无两样。当然,领养孩子,多领养私生子,以免后患。还有一条路就是让侄儿过继产业。因为血缘之故,儿子和侄子差别不大,再加上肥水没流外人田,心理上得以平衡。

邱恪善兄弟二人,弟弟在乡务农,赶巧有三个儿子,通过协商,就让小三进城当了少爷。

邱恪善给小三取名叫邱守业,意思是不求你日后有什么发展,能守住业就可以了。

可令邱恪善意想不到的是,邱守业偏偏不守业。这就如同邱老板命中无子一般,也是无可奈何的事情。

邱少爷一开始读书也用功,脑瓜儿也顶使,颇讨老师喜欢。如果一切顺利,也不会出现别的差错。怎奈邱恪善每天只顾忙于自己的事业,对孩子的事情极少顾及,只想着让其上学就行了。每天陪邱少爷上学堂的车夫叫"孬儿",孬儿比邱少爷大七八岁,为市井人家的孩子,会玩儿,斗蛐蛐儿、推牌九什么的都摸点儿路。他每天把邱少爷送进学堂后,就溜出去玩牌斗蛐蛐儿。放学了,再急忙回学堂去拉邱守业。有时候晚了,邱少爷就在学堂门口等。他怕少爷将此汇报给邱老板,就想点儿生法拉少爷下水。一来二去,少爷就有了玩瘾,常命孬儿带他去赌场……等邱恪善发现时,邱少爷学业已荒废,变成赌场老手了。

邱恪善一见儿子走了邪路,怒火万丈,狠狠地打了邱守业一顿，开除了孬儿，又专给儿子请了一个老夫子，让儿子在家中读私塾。

请来的老师姓岳，很有些名声，教学也严厉。他先试了邱守业的课业，又问了一些问题，然后对邱恪善说："你是想让虎子走仕途呢，还是让他守你的家业？"邱恪善想了想，问："走仕途咋说，守家业咋说？"岳老夫子说："你如果想让他没有作为，上学读书只为当个守财奴，那就请你另请高明，因为他已经不可调教了！"邱恪善怔了一下，问："连家业都守不住，还何谈其他？"岳老先生笑道："此言差矣！若让他走仕途，他学的吃喝玩乐全能用得上，并不是你说的孺子不可教。如若他将来步入官场，不会吃喝玩乐反倒英雄无用武之地了。从古至今，当官的目的无外乎为民请命，为自己享受。贵公子小小年纪就已五毒俱全，也算是可喜可贺之事呀！"

邱恪善一听岳老先生说出这等话，很是惊奇，心想他若能将少爷培养成个官员岂不更好？于是便说："犬子不才，望岳老先生多多栽培。如若日后能让他争得功名，捞个一官半职，邱某定当感激不尽！"

"客套话就别说了，感谢邱老板对老夫如此信任。一般生意人只知用钱变钱，不知吕不韦一笔生意赚天下的道理，实是可悲。既然邱老板愿我任意摆布公子，日后就少问少干涉我的育人之措为好！"

这以后，邱恪善果真守诺言，极少过问邱守业的学业。当然，也有家人常来汇报，说少爷今日又去了赌馆，说少爷在外面又挨了打什么的，但邱恪善只说句"知道了"就再没下文。

几年后，陈州县试，邱守业竟中了个生员，又过了几年，连举人也中了。只可惜，清朝晚期废了科举，才未能考上状元什么的。但这已使邱恪善出乎意料了，惊诧之余，想起了岳老先生的恩德，便大宴谢之。酒过三巡，邱恪善问岳老先生道："先生是用何妙法，能使顽子改邪归正，为邱家争得如此荣誉？"岳老先生呷了一口酒，捻须片刻，答曰："放其赌时，提前有约，输一钱一大板。让其读时，也提前有约，不会背时十大板。一日三时，分晨读午授晚自由，分寸自己把握，若乱了节制，一天不得进水米。这叫'育人育其规矩，训人先训其灵魂'，让其在方圆内舞之蹈之自由之，岂有不成才之说？"

"让其下午玩耍，岂不耽误学业？"邱恪善不解地问。

"差矣！一般学究授课，只重书本，空泛无聊。而老夫授课，让学子踏入社会，饱受世间险恶，自悟其道，可谓刻骨铭心矣！实不相瞒，公子常在外受欺挨打，多是老夫雇人所为，目的是树起报复邪恶的志气。不是老夫吹大话，如果光绪不取消科举，这次状元非令郎莫属。根据他的学识，守你的这个小小药店可算是绰绰有余了。这就叫取法乎上得其中吧！"

邱守业一接过药店，果然极有开拓性，在陈州创办了第一个西药店，然后请名家到药店坐诊，接着就凭经济实力与县长拜了把兄弟，三十五岁那年，头上光环已有十种之多：

陈州商会会长

陈州县参议员

陈州中草药研究会会长

河南中草药研究会理事

中州红十字会理事

……

大鸿酒坊

陈州酒坊有好几个,若论酒的质量和名声,要数西关程家的大鸿酒坊。

酒坊也叫槽坊、甄房。大鸿酒坊能在陈州城占头名,主要是制作很讲究。首先是曲好,曲为酒骨,没好曲就没好酒。大鸿酒坊把选好的上等小麦、大麦、豌豆,用白石磨磨细,十多个男人身裹新白布,把料兑足,踩匀,然后放在温房内发酵,直到曲中间呈菊黄色,方可使用。大鸿酒坊为泥池,所谓泥池,也叫发酵池,全是清初年间传下来的。池底由上而下泥色由青变灰,泥底已呈蜂窝状,香味扑鼻,据说其香能浸入地下丈余。除去曲骨,酿酒用水也极重要,业内人称水为酒之血,好酒离不开好水,酿酒业称河水为第一好,尤其是河水中游得阳光最多的活水最佳。大鸿酒坊用的正是蔡河中游泳。他们的程家酒以"太昊白酒"为主打,畅销方圆七州八县。据传"太昊白酒"倒在酒盅里,酒液高出盅面一线而不外溢,喝过之后"挂盅",

为酒中上品。开坛之后倒酒时,酒香异常,酒花多多,酒香从酒花中飘溢而出,能香数里之遥。据说若人常闻此种酒香,能青春永驻,所以,程家的男女老少都比一般人显得年轻有精神。

程家大鸿酒坊的酒出锅之后,要圈放三年才能出售。圈酒用酒瓮,大肚小口,大瓮能盛五百斤,上面用猪尿泡装谷糠制的盖子,不跑酒,三年后,朝外批发。外运全用酒篓。酒篓是用柳条编成,里面用纸糊,糊一层后,用猪血涂抹一次,如此糊过二三十层纸后,再用石灰进行处理,用此装酒坚固而轻便,不跑味儿。程家酒出坊的酒一般都是六十度,进口缠绵,入肚如火,但不上头,所以很受顾客青睐。

民国初年的时候,大鸿酒坊的老板叫程玉昆,因左手是六指,所以人称"六指老板"。程玉昆少时上私塾,后来到开封读洋学。十九岁那年,其父英年早逝,他只好回来掌管祖业。

由于上辈基础打得牢,程玉昆掌管酒坊后并不想有大的改变。他认为以家酒的名声和生产量基本已达到了顶峰,他只要尽力保住这声誉就算不负众望。人这玩意儿,如果没什么大的理想就会懒惰,做生意也同别的事情一样,取法乎上方得其中。如果程家祖上办酒坊时不取法乎上,绝不会有今日的盛况。程玉昆的父亲虽然在生产和销售上没什么大的建树,但他特别强调以和为贵,无论对同行对顾客对伙计包括对四邻,他皆以低调姿态出现。为人谦和,吃亏是福,以诚待人,最后落得众星捧月,四面无敌,才使得大鸿酒坊这些年一帆风顺,天地人和,达到了"生意兴隆通四海,财源茂盛达三江"的高境界。

而这些,程玉昆也将其化入不需自己再努力的范围。

程玉昆虽然没有太大的抱负,但他不吸不赌不嫖,生活习惯也像他父亲一样十分讲究,唯一不同的是,其父当年读的是私塾,而他读的是洋学。读洋学时就养成了不少洋习惯,在开封时,他最喜欢去西餐馆。现在回到陈州,一个月总要去罗氏番菜馆吃几顿西餐。

在西餐馆里,程玉昆还欣赏洋人用玻璃瓶装的威士忌,常用英文点酒:"来杯 WHISKY!"他对人说大鸿酒坊若想将销路扩展得更远一些,也应该改为瓶装,这说明祖上当初就少远见,你看人家茅台酒就用陶瓶装。你想他们若不是瓶装,在一九一五年旧金山举办的万国博览会上也很难获得"万国博览会金奖"。为啥?若不是那个中国代表将一瓶茅台摔在地上,让酒香满堂,怎能引起评委们的一致赞赏和褒奖?你想,若他们是篓装,怎会有如此结果?嗯?

只可惜,程玉昆是个只想不做的人,他把这种想法讲给他所认识或不认识的人听,能听得众人双目发亮,皆以为他要大干一番,让大鸿酒坊再一次大展宏图了,不想很快他又换了想法。他的新想法是嫌陶瓶土气,应该到欧洲购置装瓶机,进行流水作业,并说他打算做中国第一个机械化酒厂……云云。

除去高谈阔论外,程玉昆还爱收集古人有关酒的诗词,如魏晋刘伶在《酒德颂》中自道的"有大人先生,以天地为一朝,若不是那个中国代表将一瓶茅台摔在地上,让酒香满堂,怎能引起评委们的一致赞赏和褒奖?你想,若他们是篡装,怎会有如此结果?

万期为须臾，日月有扃牖，八荒为庭衢……兀然而醉，豁尔而醒，静听不闻雷霆之声，熟视不睹泰山之形。不觉寒暑之切肤，利欲之感情。俯观万物,扰扰焉如江汉之载浮萍"。如杜甫的"醉里从为客，诗成觉有神"。如杨万里的"一杯未尽诗已成，诵诗向天天亦惊"等等，不但收集，还每早吟读，熟记于心，逢场合适应，就摇头晃脑背一通，让人感到他不仅懂西学，也懂国学，是个名副其实的儒商，

众人称其为"儒商"其实是有奉承之意，背后皆说他是个夸夸其谈，爱好虚荣性格放荡且又有点儿不务正业的人。由于他父亲的人缘太好，就有不少人为大鸿酒坊的前途担忧，都认为大鸿酒坊出了这么一个老板，气数尽了，很快就要走下坡路了，说不定很快就败了。

可令人奇怪的是，大鸿酒坊并不像人们预测的那样，尽管程玉昆还是夸夸其谈，一天一个新想法，程家的生意还是蒸蒸日上，并不见有衰败的先兆。虽然大鸿酒坊的名牌"太昊白"没用陶装或玻璃瓶装，程家也没发展成什么流水线作业，但据知情人说："太昊白"已在东南亚几个国家出现，而且销量还不错，被外国人称其为"二茅台"，众人对这种说法的真实程度颇为怀疑，都认为是程玉昆为给自己说过的大话编出的谎言。但无论是真是假，这谎言编得还算到位，因为谁也没去过外国，没法证实真伪。他们心想，也真苦了程老板了，竟用这种办法为自己捞面子。

程老板还照样说大话,说是他算过一笔账,用瓶装会抬高成本,再说中国眼下除去北平和上海有玻璃厂外,别的地方儿都没有,用玻璃瓶上流水线太不合实际,所以他打算在国外建销售部,先把酒送到国外,在外国再瓶装,这样才划算。

众人一听这话,皆说他又是为自己编出的谎言作注脚,没人当真,只一笑了之。

可令人想不到的是,程玉昆掌管大鸿酒坊的第六年,就开始扩建厂房,将生产扩大了两倍还多,而且"太昊白"真的打入了东南亚市场,销路很旺。

大鸿酒坊的管家说,他们的老板是中午说大话,下午睡大觉,凌晨干大事的人。这时候,众人才如梦方醒,方知程玉昆是个为话负责的人。只不过他是个先用大话做标杆儿,然后一步步去实现。真乃奇人也!

陈州戏班

陈州戏班成立于光绪年间,创建人是县衙二步卯首赵一刀。赵一刀祖居城东关茂祥街,性好娱乐,疏财仗义,广交四方宾朋。时有鲁西一民间梆子戏班流入陈境,班主虑其乍到异乡,人地两生,背不靠山,唯恐演出活动有阻,便四处寻访。当得知赵一刀为"陈州秦琼"般的人物,即率众伶登府拜访,叩求赵承当该班管主,一刀欣然允诺。

由于该班名伶云集,演技颇佳,不到两年工夫,便名噪周围府县。

不想这时候,却出了两件意想不到的事儿。

光绪十九年春天,陈州戏班到太康马厂演出,由于四梁八柱行当齐全,艺人演技出色,深为当地县衙二步卯首赵全奎所青睐,被强留于彼,阻止返陈。赵一刀闻听此讯,认为对方蛮横无理,欺人太甚,气急败坏,当即召集其管辖的白楼、王店、回龙集等三所的青壮群众二千余人,各执刀枪棍棒,以衣襟上系红绒绳为标记，亲率人马连夜赶到马厂，包围了城池，呐喊声讨赵全奎，令其马上交还陈州戏班，否则即行攻打。正当千钧一发之际，太康县令闻讯赶来，亲自出面斡旋调停，才使"二赵"施礼言欢，并结金兰之好，风波方才平息。

不想这年秋天，陈州戏班在城南瓦关集演出时，恰有项城梆子戏——太圣班的一位艺人到此访友，掌班怀疑其是暗地挖角儿，不分青红皂白就将其野蛮殴打，使那人身受重伤致残，这一下，算是闯下了滔天横祸。

项城太圣班的靠山管主不是别人，而是袁世凯的堂弟——袁老三。这位袁三爷因脖子里有个痈瘤，人称袁大疙瘩，是个老戏迷，不但爱看戏也爱养戏，现在获悉尊身足下的戏班艺人无辜受欺，有辱门楣光泽，便携带太圣班的掌班，驱车至陈州府，投诉于府尹，将赵一刀拿到府衙问罪。接着又到陈州戏班缉拿打人凶手，班内二十多个男演员几乎全都上了法绳。

太康县的二步卯首闻知赵一刀有难，急忙赶到陈州府，上下打点后到狱中见到赵一刀，对他说："我已托人打听清楚，你得罪了袁三爷，除非他发话，陈州府尹才敢放人！"赵一刀说："贤弟呀，只要放了戏班艺人，我愿一人顶罪，杀头都不惜。"赵全奎见赵一刀爱护艺人到如此地步，很受感动，说："小弟虽然无才，但我一定想办法救兄长出狱。"

原来这赵全奎虽官小位卑，却也是个天不怕地不怕的人物，辞别赵一刀后，当下就去了项城袁寨。

赵全奎虽然天不怕地不怕，但并不莽撞。他到了袁寨之后，先侦察了一番，发现袁家防守森严，并不是容易进去的。赵全奎想这事儿也不是搞暗杀，目的只是逼袁老三放人，若把袁老三杀了，不但自己活不成，赵一刀也活不成。他想了半宿，决定先找袁老三谈一谈。

第二天，他准备了一番，便走到袁府，说自己是唱戏的，原来的戏班儿散了，听说三爷是养艺人的君子，就想求三爷给碗饭吃。袁老三热戏，自然也喜欢名角儿投奔自己名下，急忙召见。赵全奎走进府内客厅，先向袁老三拜了拜。袁老三问了一番，最后说你既是唱武生的是不是先亮两个招式，喊两嗓子让三爷我开开眼。赵全奎说，三爷，今日有些得罪，因我口中起了舌疮，不能唱，不信你可以看看。说着就用手撕着嘴巴走向袁老三。袁老三和家丁们想着赵全奎只是让看他的嘴，没想别的。不料那赵全奎一走近袁老三，就一把抓住他的前胸，并迅速地从腰间掏了一把匕首，顶住了袁老三的咽喉。袁老三很是紧张，几个家丁也惊慌失措，团团围住了赵全奎。赵全奎说："都别动，谁动我就先将你们主人放倒！"袁老三说："好汉，千万别莽撞，有话好说！"赵全奎说："我是赵一刀的好友，陈州戏班打了太圣班的弟兄不对，您应该追究凶手，不该将男演员全部关押，更不该问赵一刀的罪！比如您的戏班儿惹了事，拿您问罪你冤不冤？"袁老三问："你说咋办吧？"赵全奎说："你马上派人去陈州府，要他们放人，只留下凶手查办！"袁老三说:"这事儿好商量,来人,传我的命令,要陈州府留下凶手,其余的全放了。"家丁说:"三爷,我空口无凭,陈州府尹怎会信我的。您老能不能写个便笺?"袁老三眼一瞪,说:"我脖子上有刀逼着,能写吗?"赵全奎一听也是,便命人拿来笔纸,让袁老三写了手谕,递给了那家丁说:"一时三刻,你若不带着赵一刀来见我,你家主人就将死在我的刀下!"那家丁不敢怠慢,骑上快马去了陈州城。几个时辰过后,那家丁就带着赵一刀回到了袁寨。赵全奎对袁老三说:"您让人备两匹快马,放在村口,然后一个人送我们弟兄出寨。马要放在寨外的田野里,省得有埋伏。只要按我说的办,我决不会加害于您。"袁老三说好好好,立刻命人备了两匹快马,放到门外,并安排家丁都不准动,然后随赵全奎、赵一刀出了西寨门。赵全奎先让赵一刀上马,然后放了袁老三,也翻身上马,向官道上跑去。

这时候,袁府家丁全赶了上来,袁老三对家丁头说:"还不快拿下他们!"那头目说声遵命,便打出一声口哨。赵全奎做梦都未想到,两匹马听到口哨声,竟突然调转回头,飞也似的又朝袁寨跑去。

不过,等待他们的不是杀头受刑,而是一桌酒席——因为袁老三也被他们的情义感动了。

陈州唢呐

唢呐在我国流传已有千年。明正德年间,王西楼所写《朝天子》中说:"喇叭唢呐,曲儿小,腔儿大,官船来往乱如麻,全仗你抬身价……"看来不但民间重唢呐,官家更需要它来助威风。

陈州唢呐始于清代康熙年间。有个山东人名叫周化雨,原是朝廷命官,因犯灭门大罪而出奔,后来逃到陈州南小彭楼落户。由于周氏不善农桑,只好靠吹唢呐糊口。起初技艺不全,只为民间办丧事吹奏些悲伤的曲牌,如《夜深沉》《满江怨》什么的。后来,开始参加红事喜庆。因为吹唢呐为下九流,很受人小瞧。有一年,周化雨参加一个大户的婚礼,那大户很是高傲,把抬轿的用席筒子圈起来,吹唢呐的要用红布勒着眼睛,目的是怕他们看到漂亮的新娘。周化雨一气病倒了,三个月没起床。

周化雨中年得子,取名周宏。周宏虽然聪慧,但由于家穷,也只得让他子习父业。在周化雨耳提面命精心调教下，周宏十几岁时就功力大涨，青出于蓝而胜于蓝，艺冠中州。当时河南民乐界出了四大名将，即周宏、梅道、孙和尚、宋胡闹，这四大名将都是支官的喇叭头。支官，就是专为迎接官员的唢呐队。康熙五十九年，周宏来陈州支官，接待的是郑县令。周宏身穿皮袄，外罩二毛羔皮坎肩，手拿唢呐，显得很潇洒。郑县令看到一个艺人穿着阔绰，便白周宏一眼道："你穿着楼上楼的皮袄，叫老爷我怎么个穿法？"周宏回禀说："大老爷，你穿的是皇衣官服，我穿的是民衣俗服，怎敢与老爷相比！"一句话顶得县官如鲠在喉，便恼羞成怒，把周宏重责四十大板关押班房，多亏其父故交说话才得以保释。周宏出狱后，为躲避迫害，只好南下项城、新蔡、正阳、汉南等地卖艺，于是又誉满豫南各县，后为光州府官留府支官。

周宏艺高技全，善用低音唢呐演奏迎送曲牌仿戏曲唱腔。周宏在光州一待就是几十年，直到乾隆十八年才重回陈州府。由于他名声在外，一回到陈州，他就再次被聘为支官。

当然，支官并不是每天都"支"的。没有迎送官员任务时，唢呐班也可接一些民活。那时候，正值乾隆盛世，天下太平，民家红白大典，多用唢呐增添热闹气氛，所以周家唢呐班一年到尾闲不得。一般红事用器乐，皆是提前预约。陈州土话曰"粘响器"——就是喜期定下后，再到唢呐班里粘响器，一般要提前两个月，交几个定钱，写上字条，×月×日×村×家定好。

如有变更，必在一个月前销号。因为那一日好期绝不只是一家有喜事，你不能因此而误了人家出门挣钱。

这一年，城北大户白家三公子娶亲，特派人定了周家唢呐。不想就在好期来到的头天下午，周宏正欲带人去白楼应事，突然又接到县衙通知，命周宏明天早饭后到城内支官。周宏一听，顿觉头昏脑涨，不知所措。因为白家为名门大户，得罪不得，而官家更是厉害，过去自己为此曾吃过不少苦头，岂能再遭二遍罪？如若是一般人家，可以"破班"应事，可现在两家都是冲着他周宏的名声来的，怎么办？那时刻，周宏恨不得会分身术。按陈州规矩，唢呐班应该头天夜里住到新郎家，第二天早饭后去迎亲。周宏想了想，只好带队先到白家向白家主人商量，说是今晚吹上半宿，明早儿"破班"，一队去迎亲，一队去支官。不想到了白家一说，白家主人一口拒绝。并说白家粘响器的主要目的就是为了办喜事！自古有"先来后到"之说，响器是我们先订下的，等我们接回新娘，你再去哪儿吹请便！但明天不准离开这里，因为我请的是你周宏，众人一看不是你吹唢呐，让我面子往哪儿搁？再说，支什么官？不就是一个七品吗？看看我家门楼，比他高几个品位！

周宏一听，傻了眼儿！人家白主人说得句句是理，驳不得！万般无奈，周宏只好派人去到县衙说明情况，特别强调这是多年不遇的巧劲儿，万请见谅，望另请高就。县上人一听，很冷地望了一眼周宏派去的人，说："你师傅说得轻巧，这支官一差怎能随便更人？来的官员大多知道周师傅大名，若换了别人新官一定认为是怠慢，那可是让我们吃不了兜着走！回去跟你师傅说，今晚有事儿可以不来，但明天早饭后千万别误了班！要说白家粘响器早，也是实言，但他再早也早不过官家呀，因为周师傅刚从光川府回来就被我们聘下了嘛！"

周宏的徒弟回白楼向师傅如实一说，周宏惊呆如痴，怔怔然半天没说出话来，最后又禁不住长吁短叹。徒弟见师傅可怜，劝道："明天破班儿，由我先去县衙顶着，不中再说！"万般无奈，也只好如此了。当下，白家已搭好了乐棚，周宏便入棚开吹。听说是周家唢呐班，三乡五里的都赶来看热闹。一时间，白府门前人流如潮，灯光如昼，气氛异常。

第二天一早，周宏把唢呐班一破两队，由徒弟带几个人去县城衙门应差，自己留下随花轿去迎新娘。这本来是没办法的办法，不料白家主人得知后，却派人把唢呐队看管了起来。并兴师问罪说，要"破班"你们为何不来时破开，现在到了我们家，一场大喜岂容你们破来破去？不把新娘迎回来，你们哪儿也不能去！

周宏生怕因此再得罪了官府，急忙央求白家主人说："我们是靠出口热气换口凉气混饭吃，您老高高手我们就过去了，万请给我留条路！"白家主人说："你是江湖人，应懂江湖规矩！我们一场大喜，你们如此破来破去，是何道理？"周宏哭丧着脸说："谁知道会赶得这么巧哩！若知道有这，当初我说啥也不会接你的条子呀！"白家主人一听，变了脸色，口口声声说周宏小瞧了白府，一定要给周宏点儿颜色看看！言毕，拂袖而去。

一见白家主人这种阵势，周宏吓得面色发白，哪里还敢"破班"？

这时候，县衙也派了两个差役催周宏速去县城支官。两个差役害怕白家权势，不敢明目张胆地找周宏，而是化装成看客，混进白府，先偷偷取走了周师傅的唢呐，然后留下口信，要周宏带人速去县衙支官。

这一下，算是给白家主人找到了借口。尽管周宏一再解释，白家主人就是不信！为啥？因为有刚才的话作证，你压根儿就没把白府放在眼里，而是从昨天一来就央求着去支官，看我不放，才故意让人偷走唢呐，刁难于我！如此一说，周宏早已吓飞了魂儿，禁不住"扑通"跪地，对白家主人说："事情到了这一步，就只好求老爷高抬贵手放我去县城支官了！"白家主人一听，怒火万丈，吼道："你怎么如此怕官呢？"周宏哭丧着脸回答："我如果不怕官，难道还会怕你吗？"

白家主人一听周宏说出这等话，怔了，许久才问道："你……你怎么能说出这等话？"

周宏望了白家主人一眼，说："就因为我怕官，所以才怕你！如果有一天我连官都不怕了，你在我眼里还算什么！若论官，实不相瞒，我父亲当初是朝廷命官，你这小小白府算什么？

若论理，谁也一竿子打不到底儿，多朝后看看点儿为好！细想想，作为朝廷命官，我爹我爷做梦也想不到他们的后代会在这里受一个乡绅的气！"

白家主人一听这话，禁不住目瞪口呆，虽然气得双手发抖，但毕竟还算悟出了周宏话语间的分量，嘴张了几张，最后只得向周宏无力地挥了一下手，说："好，好！你去支官吧！"

周宏这才如得大赦，急忙带人赶到县城，但已经晚了，新任知县的轿子已来到了县衙大门前。好在新任知县是个明白官，望着满头大汗的周宏，先问了问情况，然后叹道："这不怪你，全怪我官小！若我是个道台，那白家敢吗？"

周宏一听，急忙磕头谢罪。不想那知县又说道："既然你来了，也得给我挽回点面子！这样吧，今天老爷只听你一声唢呐，把我从这里迎到县衙就得——先说好，不准两声，直到老爷我走到为止！"言毕，新知县走下轿子，迈着官步朝县衙走去。周宏憋足一口气，唢呐长啸，直直吹了一袋烟工夫，那知县还未走进县衙……

突然，只听一声闷响，周宏师傅倒地身亡……

白家班影戏

影戏就是皮影戏,相传产生于东汉年间。汉武帝的妃子李夫人死后,武帝时常想念她,有个叫少翁的人,用剪纸绘画的方法,仿造了李夫人的形象,用灯光照射到布帐上,让武帝观看。武帝看到布帐上的影人,以为是李夫人死而复生,欣喜相见,顿解满腹愁云。为此,还加封了那个叫少翁的人。

皮影戏在唐以前,为宫廷戏。"安史之乱"以后,大量的宫廷艺人流落到民间,也把艺术带到市井。特别是北宋时期,空前繁荣。据宋孟元老《东京梦华录》记载:当时汴京"坊巷院落,纵横万数,莫知纪极,处处拥门,各有茶坊酒店,勾肆饮食。市井经纪之家,往往只于市店旋买饮食,不置家蔬"。又说,"夜市直至三更尽,才五更又复开张。如要闹去处,通晓不绝"——可见当时盛况。西安和汴京一带皮影戏班较多,从历史上看,可能就是这个缘故。元代时,我国皮影传到欧洲,给十九世纪末欧洲人发明电影以启迪,皮影曾被称为现代电影之祖。

汴京距陈州只有二百多里路，一条官道相通，很早就有了陈州皮影戏班。顾名思义，皮影必须有皮人，一般皮人都是用黄牛皮或驴皮制作的，工艺复杂又简单：先把皮张长时间地放在水中浸泡，再用碱水涤净，刮薄，陈州人称此为"熟皮子"。熟好后，用铁钉张在墙上晒干，熨平，进行雕刻绘制。形象刻出后，再进行染色和罩油。身上关节部位，都以琴弦串连，颈部和两手用三根细竹操纵，一担戏箱（即一台戏）皮人身子一百多件，人头三百多个，人头可以随时调换，不断变换演员阵容。

陈州皮人一般身高一尺三寸左右，造型多具北方人的气质，线条粗犷，坚毅有力。根据人物不同身份，也有高低之分，"高生矮旦疙瘩丑"，一般旦角和丑角皮人稍矮一些。人物各部位长短符合自然人的比例关系，叫作"立七坐五盘三半"，动动静静，形象逼真。演出时，一般由七至八个人作场，素有"七忙八不忙"之说。开场后，一人操纵皮人（俗称掌签的），剧中人物生、旦、净、末、丑，各种行当；唱、做、念、打，叙述故事，皆由操纵者担任。一台戏，除一个掌签的以外，还有一个副手，称为"贴签"，任务是操纵垫场或白天请神的折子戏。其他人员为乐队伴奏，乐器以打击乐为主，大鼓、边鼓、大钹、小锣、大锣、唢呐皆有。乐队除去烘托气氛外，还要与掌签人"对白"。演出节目大都是唐宋传奇，如《杨家将》《五虎平南》

《罗通扫北》等。有时候开了连续剧，能一唱一个月或半年。

明末清初之时，陈州皮影戏更为盛行，据《陈州县志》载，最多时有八十多担（台）。当然，皮影艺人多是农民，农忙耕作，农闲演出。皮影戏的优劣，一是演出技巧，二是掌签人的唱腔，三是皮人的制作水平，四是乐队的干净利索，四者缺一不可。那时候，陈州最有名的皮影戏班是北白楼的白家班。

白家班为"小窝儿班"，"窝儿"就是"一窝儿"，说明了，就是一家人一台戏。掌签人叫白复然，乐队是由叔侄儿们组成，配合得当，尤其白复然的唱腔，一口能出多音，实为一绝。

由于白家班是名班，所以常被大户人家请去唱堂会。一般戏班称衣服为"叶子"，白复然很注重演员们穿戴的"叶子"。因为皮影戏不同于登台演大戏的戏班儿。皮影戏只让皮人穿戏服，演员在幕后，但每逢进出大户人家，穿戴不好是会掉价的。为显出某种实力，白老板给演员们制作了统一的服装，一行几人，穿戴一致，就显得整齐划一，让人悦目，首先赢了第一筹。再加上戏演得好，台上台下皆给人一种"名班"的派头。于是，白家班就慢慢成了陈州城里一种艺术时尚，谁家若让白家班进府唱一回，身价就会高出不少。

所以，前来请白家班唱堂会的大户人家络绎不绝。

这一年，陈州知县周文曲的父亲过生日，派人请来了白家班。县官的老爹过生日，自然热闹异常，除去白家班皮影戏外，还请了周口赵家班。赵家班是唱大戏的，近百号人马，光戏箱就拉了几马车。怎奈周知县的老爹下肢瘫痪，有大戏也看不了。万般无奈，周知县就请了白家班，让白家班到老爹的卧房里唱"重戏"。所谓重戏，多是与外边的大戏相配合，外边高台上唱什么，皮影戏就在室内模仿什么。也就是说，开同样的剧目，敲同样的锣鼓。这些都是有钱人家为孝敬老人才想出的招数。人老了，下不得床或出不得门了，晚辈们为表孝心，让老人家高兴一回，与家人同乐一回，于是，就开始了唱"重戏"。这种"重戏"，也唯有皮影戏能够胜任。当然，这也是陈州人的发明，在别处极少见。

周知县的父亲下肢瘫痪已久，上床下床全由仆人侍候。年轻时候，这周老先生就是个戏迷，热戏，至今还会哼唱不少唱段。尤其耳音，很精。他对白复然说，他身残耳不残，一只耳朵听外边，一只耳朵听里面，哪一方唱不到火候都甭想拿到戏钱！接着，由他点戏。可能是长期被圈在房里心里急，老先生脾气变得蛮横刁钻，专点了一出《十二寡妇征西》。此为亮相戏，也就是显示演员阵容的剧目。对大戏来说，这并不算过分，而对皮影戏就有很大难度。首先你要有十二个穿着不同的女人，而且后来又要穿蟒穿靠背虎旗戴翎子，唱功更不能马虎，十二个女人十二种腔调。最难的是最后一场，十二寡妇要全部登台，加上士兵将领舞台上几乎都站不下。平常皮影戏班是极少开这种戏的，因为操纵皮人的只有两个人，一个是掌签的，一个是副手，两个人只有四只手，操纵的皮人极有限。现在周老太爷故意刁难，总不能临阵脱逃，让别人笑话。为此，白复然带全班开了个通宵，集思广益，改装大布帐，幕后改四人操纵，一台戏改为两台戏合演，直到让周老太爷挑不出毛病为止。

演出果然很成功，周老太爷不但没挑出毛病，而且被白家班高超的演技陶醉了。周老太爷一陶醉不打紧，寿日过后，他竟要白家班留在府内，要白家班天天为其演出，不让走了！他说他一个人整天关在屋内，太寂寞了！这下好了，来了一大帮，有男又有女，天天唱着过，快成神仙了！

周老先生高兴，周知县却作了难。老先生要求的一切，虽不算过分，但也不算是件小事情！唱戏容易，重要的是戏钱。一天演三场，一月九十场，一年得多少钱？若是两袖清风，怕是一年的薪水也不够一月的戏钱！如若不唱，家父操劳一生，临老瘫痪，当儿子的如果连这点儿要求也不能满足，怎能对得起父亲的养育之恩？当然，最好的办法是又唱戏又不打钱方为上策，可白家班会同意吗？

不想没等周知县说出这话，白复然却主动要求送戏，白唱，不要钱，只求管饭，为的就是周老先生的抬举！啥时候周老先生说不愿听了，白家班再走出县衙。

周知县一听大喜，安排下人一定要好生招待白家班，万万不可慢待了。知县看得起，白家班演得更起劲，一天三场，看得周老先生眉开眼笑，食欲大增。周老先生精神一好，就待不住，老嫌屋里憋闷，要求到外边。可戏台挪到外边没几天，老先生又嫌一个人看戏不来劲儿,要求把戏台挪到大街上,让众人都来看热闹,并说唱戏就要热闹,越热闹越好!万般无奈,周知县只好命白家皮影戏挪到大街上唱。周老太爷被人抬到顶台,坐在高背椅上,一见熟人走过,就打招呼让人家来看戏。周老先生是县官的老爹,自然认识的富人多,叫谁谁也不走,不一会儿,台下就站了不少陈州头面人物。周老先生不发话让谁走,哪个也不敢动!周老先生还有个毛病,解手时戏必须停止,直到他问题解决了方能重新开戏。

开初,众人对这些还能容忍,认为老先生上了年纪,又残疾,性格有些变态,为着知县大人的面子,也就算了。谁知老先生戏瘾太大,越听越精神,每天如此,就害得众人受不了了。尤其是陈州富人,只要被叫住,必得赔上一场戏的时间。这下就犯了众怒,陈州大户赵家牵头告状,一下禀到京城,周知县就被罢了官。

周知县带着老父亲和家眷离开陈州的时候,白复然领着戏班前来送行。周知县抱歉地说:"白老板,这下我可真没能力给戏钱了!"白复然急忙施礼道:"周大人,当初未及向你说明,戏不是我送的!这一切全是陈州大户赵老爷的安排!"

周知县惊诧如痴,方知自己走进了一个大阴谋!

柳家烟火

陈州烟火,要追溯到明初洪武年间。那时候,有一位游荡江湖的陈州人,在名城苏州观光过烟火会,极度赞赏,并决心将这种技艺学到手,使之有朝一日能在陈州大地尽放异彩。他意专心切,在名家高手下穷览其艺,返乡后又精心研制,终于研制出了陈州烟火。

这个当年的江湖人姓柳,叫柳典,是陈州西二十里柳林人。柳家烟火品种繁多,诸如大起花、小起花、并莲起花、五龙腾空、金雀飞鸣、金蝉鸣空等应有尽有,尤其是特制的烟火中心"老杆",更是巧夺天工。

所谓"老杆",就是用木棍搭起很高的脚手架子,人站在架子上放烟火。那时候还没有放烟火的炮,要想让烟花在空中展姿全靠人工。什么起花城、月明城、绒花树、银屏灯、乱箭射杨七、龙抓熊氏女、天女散花、悟空闹天宫等,能让人目不暇接。

据《陈州府志》载,清代乾隆四年,陈州搞了一次烟火盛会,参观者来自冀、鲁、晋、陕、皖、鄂、湘、川、赣、桂十个省区,二十多万人。观众有达官贵人,也有布衣平民,有迁客骚人,也有商贾游士。真可谓"盛名震四海,佳景醉万众"了!

烟火的高潮多与尾声相近,点罢"老杆",大会也就进入了尾声。所以,观者总是关心最后一晚那点"老杆"的时刻。每当点"老杆"之前,烟火会场上群情激昂,仰望长空,大小起花或单一直冲星群,或群起腾空,夹杂着爆破的炮声、散落的火花,使整个夜空五光十色、斑斓缤纷,令人目眩。地上,大鞭如火龙穿云,地老鼠从人的胯下钻过,轻蝉飞鸣掠顶,火球在面前爆裂,不时激起全场哗动,欢声如潮。但这还不足称奇,待午夜时分,三颗红色信号弹相继升空,点"老杆"开始。此时此刻,千千万万双眼睛一齐挤向那高耸的两座"老杆"架上,一时,系列引火线急急缩短,火到之处,艺品献彩——那罕见的珍珠倒卷帘在一忽儿间展现出书写着"五谷丰登""风调雨顺"的长帘,自上垂下,三丈有余。接着玉树琼枝,百花争艳;八仙彩人,姿态各异;黄鹂吐音,形声诱人。特别是火到中杆,有的是百灯齐明,有的是万箭齐发,有的是人物突现,有的是鸟兽乍起,或声或色,或动或静,各不相同。待到火至顶杆,千门火花呈半球形状发射,一时间红光连天,烟锁星辰,使烟火会达到最高潮……

到了民国初年,柳典的第十一代孙柳岩把铺子搬到了县城里。因为烟花危险，他在城湖边上买了一处宅院，制花装药全在那片宅院中，铺子里只卖鞭炮和摆放烟花样品。有人来买烟花，先看样品，然后再到仓库取货。陈州烟花多销外地，每年有大量的产品是靠人挑和土牛车朝外运的。客商定了货，到市上找挑夫。运烟花的队伍不准吸烟，不准住店，夜间多住庙堂，尤其是香火不盛的破庙院，更招客商和挑夫们喜欢。

当然，也有大户人家来提前定货的。比如谁家有人中了举或升了官，家中就要在自家祠堂前放烟火或请大戏庆祝一番。遇到丰收年景，也有百姓自动凑钱放烟火的。这种活动往往是几个村联办，由各村牵头的人首先出面收银收粮，然后到柳氏烟花铺定规模。规模有大、中、小不等，一个规模一个价钱。像乾隆四年那样惊动几十万人的是特大规模的，没大人物出面发号施令，一般是放不起的。

附近地方若有较大的烟火会，铺子里还要派人前去协助点燃。因为点"老杆"不但需要胆识和功夫，还需要技巧，所以并不是谁都能点的。

柳家世代都是点"老杆"的高手。

当然，柳岩也不例外。

这一年刚进腊月，柳家烟花铺来了个很奇怪的定货人。来人是夜静时分来的，提了一包银子，身穿夜行衣，蒙面。他进得铺子，把银子放在柜台上，也不说话，只递给柳岩一张纸条，上写定购全部品种，地点颍河岸边，要求点"老杆"、扎"鳌山",时间是正月十五至十八。蒙面人把银子包打开,让柳岩过数,打了个手势,问够不够。柳岩一看银子不但够,而且多出不少,很是高兴,对蒙面人说:"到时候,一切由我负责运送点放,只求你家主人观看就得!"言毕,写了收据,交给那蒙面人,等要问蒙面人的主人姓甚名谁时,不想那蒙面人已经没了踪影。

虽然没名没姓,但人家交了定钱,又有地点和时间,铺子当然要守信用。转眼到了正月初十,柳岩便雇人往颍河镇东的一个河湾里运烟火,他自己也亲自去扎"鳌山"。

"鳌山"是用长短不同的竹木,在较空旷的地方,搭成的高达数丈的山形骨架。然后用形状各异的格子,再糊上色纸,遮以青布,最后在每一个格子里放上一盏油灯,顶端则是一个火炬,这巨大的"鳌山",一经点燃,通天彻地灿烂辉煌,极为壮观。

经过几天的忙碌,"鳌山"扎好了,"老杆"也搭好了,可仍不见主人露面。万般无奈,正月十五只好按照合同放花。因为十五是正会,颍河道里人山人海。深邃的夜空,绚丽的烟火,巍峨的前山,熙攘的人海,再加上龙灯翻飞,旱船穿梭,竹马跑舞,鼓乐齐鸣,那真是"九陌连灯影,千门共月华",活脱仙境一般。

可是,直到最后仍不见主人出来。

柳岩很奇怪,问镇上社火队,这是谁家掏钱点的"鳌山",

放的烟火？社火队的老会首们也各自摇头，说是年前一个蒙面人放下银钱和纸条儿就走了，至今不知主人是谁！

烟火放了三天，社火忙了三天，没人知道是谁这般破费。

消息传出，众人惊诧不已，然后就生出许多猜测。有人说这是一土匪充大头；有人说是一京官怕露富又想感激家乡养育之恩，故意隐姓埋名；有人说是一个很富的有钱人，可惜他双目失明了，便花钱放烟火点"鳌山"，让心中充满欢乐和光明……

此人到底是谁？至今仍是陈州之谜！

陈州墨庄

陈州墨庄建于清朝同治年间，据说是汉口著名墨庄庄主王晋元来陈州开设的分号。老板也姓王，名淦，字丽泉，系徽州婺源人。墨庄主要经营墨和笔，当然，也配合出售砚台、宣纸、罗盘、日晷、一得阁墨法、颜料、关松鹿粉笔以及各种印泥等。陈州墨庄以做墨笔为主。墨分松烟和油烟两种，陈州制作的墨都是油烟。油烟原料主要是油烟和胶。油烟原从四川进桐油熏烟，由于造价高，后采用上海洋行从美国进口的油烟。胶是从广东进货，一直沿用了许多年。

墨的制作方法很复杂，先用广胶下锅加水炖热，用油烟过细箩后与胶拌和做成坯子，再将坯子上笼蒸软，然后加水、麝香、丁香、茶叶水等，而后放到木墩上砸。一叠十八锤，多次叠锤后，用天平称出重二钱、四钱、八钱、一两六钱等不同分量，再用墨模做成大小不等的方形或圆形墨锭，再经过剪边、磋边、烘干、洗水、涮亮、上蜡、上金等多种工序才算成功，最后用桑皮纸包装，论斤出售。

做成的墨锭起有大国香、十二神、朱子家训、翰林风日、滕王阁等名称，行销整个豫东和鲁南、皖北一带，年销万余斤。

陈州墨庄的笔多是采用湖南的笔杆，上海、扬州等地的羊毛。羊毛分三川羊毛、长峰羊毛、乳毫羊毛。笔的盖毛，是用兔毛制成的，狼尾紫毫（山中野猫毛），多用于小楷毛。猪鬃、马鬃多用于制作腕笔。陈州墨庄的名品有：羊毫、上上羊毫、大乌龙、小乌龙、大金章、小金章……至于笔的制作方法，连王老板也不知晓，因为他多是从各地请来的名匠。人家技术保密，老板也不便过问，只消到月底开工钱就是了。

制笔的工匠中，项城汝阳刘的师傅居多。项城距陈州很近，只有几十华里。一般工匠只会制作，制出的笔多由家人走南串北去销售。王淦就把他们请到陈州，专收他们的名品。工匠制出笔来不愁销路，自然乐意。王淦虽不会制笔，却有一笔好字，对笔极有研究。工匠交出一批成品，他闭眼从中抽出一支，饱蘸"太华秋"香墨，在宣纸上挥毫一番，常用笔留下字白，见不掉毫毛，笔端散而不乱，柔软而刚，笑笑，便过了关。

王老板试笔的作品从不胡写，多是唐诗宋词，写出自己满意的，便收藏起来，让人装裱一番，送到汴京或北京上价。如果出现败笔或不中意的，就随手扔了。

据说王淦的墨宝只有在天津杨柳青是抢手货，原因是直隶总督袁世凯看在老乡的面子上，常去杨柳青购买王淦的鸿爪，没几回,就把王淦"吊"了上去。

但是,杨柳青所卖的王淦作品,多是败笔或他本人不中意的。他本人也不知道自己在天津卫的价值——因为他压根就没往津门杨柳青送过字画。

用其作品赚大钱的,是一位姓胡的小工匠。小工匠叫胡典,很喜欢书法,尤其喜爱王老板的墨宝,常把王老板试笔时扔掉的作品收集起来,天长日久,收藏了几十幅。他省吃俭用,攒了一笔小钱,一下把所收王淦作品装裱起来,挂满一屋,独自观赏。几十幅作品一下挂起,就透出了某种气势,胡典就觉得这是一笔财富。怎么才能把废品变成钱呢?胡典想了许久,便想起了老乡袁世凯。

主意一定,胡典就辞去了陈州墨庄的活计,回到家中,精心制作了九套名品,从小楷到大腕笔,一应俱全,最后又用精制的笔帘卷了,拿着去了天津。

胡典到了天津总督府,对守门的士兵说自己是项城汝阳刘人,和袁大总督是相距没几里远的乡邻,今日特从家乡赶来,为总督大人送笔来了。把门的士兵皆知袁大总督的家乡观念重,不敢怠慢,急忙禀报。也该胡典有运气,那时候袁世凯刚从京都与老佛爷诏对回府,正兴奋不已,赶巧听到有人送笔来了。笔为笔刀,是权力的象征,正应了一个好兆头。袁世凯很是激动,忙命人传胡典进来。

胡典进得大厅,先给袁世凯叩了一个头,张口就喊表爷,说他姑奶奶是袁寨的媳妇，姑爷和大总督一个辈分，所以才敢叫表爷。袁世凯应了几十年的大人，忽听有人喊表爷，不由唤起一片乡情,高兴得连夸胡典会说话。胡典借机呈上九捆竹帘，拉开一帘，一排名品端重大方。袁大总督见家乡出了如此好笔，很是高兴，取出一支，当下试了，连夸是上品。袁世凯问："为什么送九帘？"胡典说："九是大数，九帘九帘，九九连升，九笔震天下！"袁世凯一听大喜，又问："你来天津卫有什么难处没有？"胡典说："我来为我师傅卖字来了，怕上不了价，所以想借表爷的威名！"说着，拿出备好的王淦墨宝，小心打开，让袁世凯过目。袁世凯一看字体苍劲有力，笔走龙蛇，连连赞道："如此宝墨，值得一荐！这样吧，你先把这幅寄挂杨柳青，我明日差人买回就是！注意，价要往高里标！从明天起，你连挂三幅，我派人连购三幅，保你师傅名扬津门！"

就这样，王淦的墨宝在天津叫响，几天没过，胡典收藏的几十幅王淦的废作一下卖光。胡典得到钱财，上北京，下汴京，一下把王淦的作品全买了下来。

原来，王淦挂在北京和开封的作品是要倒拿钱的——目的是为陈州墨庄做广告。每幅字上都落有"陈州墨庄"的字样，字下面放着陈州墨庄产的"大国香"墨锭和羊毫笔。胡典很为王淦抱屈，当下买了那些陈年字画，到天津又赚了一笔钱。胡典有了钱，就买下房产，常去北京荣宝斋、琉璃厂和开封京古斋收购王淦的墨宝。慢慢地，王淦就在天津书界有了威望和名声。京都荣宝斋和开封京古斋见王淦的墨宝成了抢手货，便再不让王淦出"占地费"，竟不时地催他多送墨宝来。

这一切，王淦全然不知。

由于袁世凯的关系，胡典在津门也站住了脚，成了总督府的常客。有一天，胡典来拜望袁世凯，袁世凯问他说："胡典哪，你知道你卖了多少幅王淦墨宝了吗？"胡典一时发窘，许久才如实作答："小的不记得了！"袁世凯笑了笑，让人抬出几大箱来，说："天津人知道我喜欢王淦的字画，就把它当作了礼品！你数数，不会少的！"

胡典望了望一幅幅王淦的墨宝，惊诧得目瞪口呆！

几年以后，袁世凯的母亲去世。袁世凯回乡吊孝的时候，路过陈州。袁世凯回乡一次不易，说是要召见一批旧友新朋，其中就有王淦。当陈州府派人到陈州墨庄送信的时候，王淦吓得尿了一裤子。从此，王淦落下了小便失禁、双手发抖的毛病，再也不能挥毫写字。

那时候，胡典在津门已改做其他生意，听到此种传言，苦笑说："王老板有福气，年过花甲才得这种病，比我强多了！"

陈州茶园

茶园，在陈州统称"清唱茶园"，就是可以一边饮茶一边听曲的那种。陈州茶园最早出现在晚清，具体时间无人考证。茶园也有档次之分，高档的园内建有小舞台，能彩唱，也可开大戏。低档的只能清唱，像唱玩会，有鼓有锣有胡琴，三五人一伙，一个人顶多种角色，敲打起来，也算一台戏。

在清末民初年间，陈州最有名的茶园是雅园。据《陈州县志》载，雅园大约建于民国五年，地址很好，前临陈州大酒店，后临祥云公路，老板姓李，名少卿。园内既是茶棚也是戏院，建有舞台。演出当中，送茶的相公来回穿梭，也有卖瓜子的，撂手巾把儿的，卖"大炮台"机制香烟。陈州一带剧种多，不但有梆子戏，还有曲剧、越调、道情、二夹弦、四平调，除去这些，还不时有曲艺大腕来演出。豫北的坠子皇后乔清芬就常来演出《五蝶大红袍》《金镯玉环记》什么的，一人一台戏，很是叫座。据传到了民国二十几年，这里还放过电影。什么《火星人》《大香槟》《难兄难弟》《破镜重圆》等影片，多是在此放映的。

李少卿是陈州北白楼人，父亲是个大财主，李少卿从小喜欢听戏，因白楼离城不远，他常常随伙计们进城看大戏。尤其是每年二月二太昊陵庙会期间，他几乎就住在了庙会上。因为每逢庙会，来的戏班子就多，往往是几个戏班子对台唱。当时最有名的戏班子有大赵家、二赵家、周口一把鞭、太康道情班、项城越调班，听得多了，他慢慢也开始学唱，与名伶交朋友。有一年他去汴京，见城里有茶园子，内里可以唱戏接戏班儿，不禁心动，回来劝说父亲，卖了十几亩好地，便盖了这个雅园。

由于雅园档次高，接戏班儿多接名班，慢慢就成了某种象征。来这里听戏喝茶的顾客也多是有身份的人，党政要员、商家大贾，请客谈生意，雅园是最好的去处。名伶们自然也愿意朝这里来，票房好，捧场的多，那是一种享受。新角儿更想朝这里来，因为一进来就长了身份，不红也可以被捧红。用现在的话说，这叫"一炒天下知"。

李少卿是懂行的人，一旦发现好苗子，他就极力将其捧红。被捧红的角儿，三年内要向他交"炒银"若干。这叫"暗钱"，又是两相情愿。当然，也有忘恩负义的小人，被捧红了，却忘了雅园的功劳，不但不交"炒银"，有时还拿大。对这种人，李少卿也有招儿治他们。有一年，一个名叫"草兰香"的女艺人被雅园捧红后，三年不进陈州城，更不向李老板交"炒银",还私下说自己唱红是自然条件好,就是雅园不炒不捧也照样能走红。李少卿听说后笑笑,第二年就物色到一个比"草兰香"更好的苗子,取艺名叫"香草兰",专演"草兰香"演的戏,后由李老板出资,为她所在的班子添置全新行头,并包班三个月,专与"草兰香"的班儿对棚,一直将"草兰香"顶"臭"为止,害得那"草兰香"与班主一同备厚礼来向李少卿赔情,并付了所欠的"炒银",此事才算了结。

慢慢地,李少卿就成了陈州一带不登台的"戏霸"。自然,随着李少卿的名声越来越大,陈州茶园也越来越红火。为扩大经营,李少卿在周口、项城都开了分园。

陈州沦陷的那一年,李少卿已年过半百。由于战争,戏班子大多散伙,没散的也跑进了国统区。论说,李少卿在国统区也有分园,可以避难一时,怎奈当时其母病重,李少卿是个孝子,只让家人去了项城,剩他一人留在家中侍候老娘。日本人侵占陈州之后,要搞什么皇道乐土,听说李少卿的茶园办得好,就派人将他叫到了日军指挥部。

日军驻陈州的指挥官叫川端一郎,喜音乐。不知什么原因,他对河南梆子戏也情有独钟。日军占领陈州之后,他就打听到李少卿这个人,今日唤他来,主要是想通过他将这一带的豫剧名伶召到陈州来,唱上几台大戏,以显示出"皇道乐土"的神威。李少卿一听这话,比较犯难地说:"太君,若在过去,这种事儿并不难。可现在战乱,戏班子有的散了,有的在国统区,不好办！更何况有不少伶人因为你们的入侵，都剃了光头留了胡须，发誓抗战不胜利决不演戏，更给这事增加了难度，你让我怎么办？"川端一郎是个明白人，他知道李少卿说的都是实情。可自己能将不容易办成的事办成了，那才叫真正的胜利。于是，他冷下脸来对李少卿说："皇军来了，你们有不少艺人不但不欢迎，而且还煽动民众反抗！这是大日本帝国所不能容的！让你来，就是让你引线，由我们来征服他们！"李少卿双手一摊说："眼下连人都找不到，你们征服谁？"川端一郎冷笑一声说："我们唤你来就是让你去找人！"李少卿为难地说："我毫无他们的信息，你让我去哪儿找？"川端一郎说："这个我的自有办法，只要你帮我们找到他们的家人就可以了！"

李少卿一听这话，知道这是日本人想先将艺人们的家人抓来，然后逼他们回来。这个日本鬼子外表文静，心可狠毒着哩，他觉得这是大节问题，决不能配合他们，便冷了脸问："我要是不配合呢？"川端一郎望了他一眼，手一摆，只见两个日本鬼子将他的老娘架了出来。李少卿一看日本人抓了他的老娘，万分吃惊，怒斥川端一郎说："我母亲重病在身，你们为什么如此对待她？"川端一郎笑了笑："你是孝子，我的知道！只要你帮我们，我可以让我们最好的医生给你母亲看病，不可以吗？"李少卿说："你们真是欺人太甚！"川端一郎说："我劝你还是老老实实地跟我们配合！"李少卿望了望川端一郎，问："我要是不配合呢？"川端一郎一听铁了脸子，又一挥手，只见两个日本人牵来了两条狼狗。两条日本狼狗张牙舞爪，气势汹汹地对着李少卿扑来扑去。川端一郎双目紧盯着李少卿说："你如果不配合，我就让狼狗当着你的面将你的母亲撕吃了！"李少卿一听这话，大惊失色，急忙说："太君，万万使不得！我说就是了！"

李少卿万般无奈，正欲说什么，只见他母亲突然挣扎而起，叫道："儿呀，你万不能说，说了就成了千古罪人了！你万万不可为娘而失大节呀！"说完，老太太就要去死，可怎能动得了！李少卿望着倔强的母亲，禁不住热血沸腾，他心中十分清楚如果顺了日本人，那才是最大的不孝。想到此，便大喝一声，喊道："娘呀，自古忠孝不可两全，儿子先您老人家去了！"言毕，上前就死死抱住了川端一郎，一口咬住了川端一郎的鼻子……枪声响，李少卿倒在了血泊里……

抗战胜利后，陈州人自动捐款为李少卿母子立了一块"母子碑"，并特意放在太昊陵东厢房的"岳飞观"里，至今还在。

陈州黑店

陈州城西关有一家姓任的，老几辈开黑店，直到任孩儿这一代，才被一个外地后生查出线索。

任家开黑店，多是谋害有钱的外地客商。黑店不黑，外装饰比一般明店还阔绰大方，服务态度也好，这就使人容易上当。黑店有规矩：兔子不吃窝边草。这并不是仁义，而是怕露馅。平常，他们的人缘也极好，见人三分笑，不断用小恩小惠笼络四邻。四邻就认为这家人乐善好施，是菩萨心肠。怀有菩萨心肠的人怎么会去害人呢？街人们从不往坏里想。

外地生人，来了走了，一般不引人注意。来了，住下，店主甜言蜜语一番，施点小酒小菜什么的，温暖得让人失去戒心。等到后半夜，客人人困马乏，店家就下手。任家杀人从不用刀，多用绳子勒，人死不见血腥，悄无声息地便把活做了。然后让人化装成那死者的模样，仿着那人的口音，高一声低一声呼唤店家开门登程。店家也佯装送客，大声问："客官，这么早就走呀?"

"客官"很烦的样子,嚷:"快开门吧!"

店主人和气地说:"别丢了东西呀!"接着开门,在"走好走好"的送客声中,沉重的脚步声远遁……其他客人于蒙眬中皆以为那"客人"起早走了。虽素不相识,但昨晚住在小店里的几个人心中还是有点儿记忆。现在人走了,记忆里也便画了个"句号"。殊不知,那真正的客人已永远留在了店里。店主人匿其尸首,抢其钱财,神不知鬼不觉,阴间就多了一个屈死的幽魂。

民国初年的一个秋天,来了一个外地后生。一个十七八岁的小伙子,一表人才,而且很富有。他来陈州,一住数日,几乎住遍了陈州的大小客店,直到最后几天,才轮到任家客栈里。

那天晚上月明风静,小伙子刚到任家客店门口,就被任孩儿婆娘迎了进去。任孩儿婆娘年不过三十,长得娇艳不俗,给客人沏茶又打座,问候一番,便领那后生进了客房。客房为单间,在角处。室内摆设令人炫目,新床单新被褥,全是苏杭绸缎。四墙如雪,幽香四袭,很是讨人朦胧。那后生望了一眼任孩儿婆娘说:"今日太乏,我想早睡,只求店家打点酒水来便可!"说着,放了大包小包,沉甸甸的银钱撞地声使任孩儿婆娘双目发绿。

任孩儿婆娘报给任孩儿之后,便满面春风地给那后生又送热水又送酒菜。事毕,递了个媚眼问:"要我作陪吗?"

那后生摇摇头，说："我困得很，睡了之后别让人打扰就是了！"

半夜时分，任孩儿和婆娘开始下手。他们用刀子轻轻拨房门——房门未上，想来年轻后生太大意。接着，他们闪进屋里，又急忙转身关了门。他们都戴着面罩，摸到床边，认准了后生睡的方向，任孩儿就用绳子猛套其脖颈，舍命地勒。那女人也扑在客人身上，死死压住。勒了一会儿，只听"噗"的一声，那头竟落了地，血也喷了出来。任孩儿顿觉不妙，急忙点灯一瞧，禁不住大吃一惊！原来被窝里不是人，那头也不是人头，而是一个装鲜血的猪尿泡！

任孩儿夫妇见事情败露，惊慌失措，急忙拿出刀子，四下搜捕那后生，决心要杀人灭口。可找遍了店里店外的角角落落，就是不见那后生的影子。

任孩儿夫妇做梦也未想到，那后生早已在昨晚化装溜出了任家客栈。这时候，他正在另一家客店里大睡，夜里发生的一切他全然不知。因为是试探，而且探了数日均以失败而告终，所以这一次也没格外费心思。

他是专程寻找杀父凶手的。

十年前，他的父亲来陈州收黄花菜，一去不返，他母亲就推测是让人给杀害了。他长大之后，决心为父报仇，便带钱来到陈州，打听了许久，才从一个菜贩子口中打听到一点信息，断定父亲死于黑店，便开始破案。可陈州之大，客店无数，怎能辨出黑白？后生思考良久，终于心生妙计。他一夜住双店，一天试一个，总归能找到。

这就找到了！

找到黑店的时候那后生还不知道。天明，为不让新店家看出破绽，便急忙赶到店里看结果，若无什么事，他急忙收起把戏以免惹人笑谈。后生走进任家客店的时候天已大明，任家店的店门也早已大开。他佯装着早起外出散步的样子回到卧房，一开门，惊诧如痴，任孩儿婆娘正手持钢刀对着他。他刚想调头逃脱，不料任孩儿从门后突然蹿出，一把把他拽进室内，旋即用脚踢上了房门。

后生面对两个恶魔，竟少了惧怕，问："十年前，你们害过一个三十多岁的寿州人吗？"

任孩儿想了想，回答："是的！一个来陈州收黄花菜的寿州佬！你怎么知道？"

"他是我的父亲！"

"那就见你爹去吧！"

话落音，刀子已穿进后生的胸膛，那后生望着杀父仇人，双目间闪着胜利之光，说："娘，孩儿总算为爹报仇了！"

那后生躺在了血泊里……

任孩儿夫妇杀了人，急忙锁了房门，单等天黑以后再匿尸打扫房间。不料早饭刚过，就来两个人嚷嚷着要住这单间。任孩儿夫妇好劝歹说不济事，两个人撞开房门，一看内里惨状，扭脸揪住了任孩儿和他的婆娘!

原来,那后生在县政府里花了不少银钱,每天晚上报店名报房号,天明由县政府派当差化装前去见他一面……

只可惜,两个当差来晚了一步!

消息传出,陈州人个个如呆了一般,不敢相信这一切是真的!

鼎记盐号

陈州盐号在东关，名为"鼎记盐号"，归县盐务局管辖。

盐政在清朝时由内务府掌管，下设巡盐御史，省设盐法道。民国后改设盐务署。财政总长兼督办，监督全国盐务。盐务署下设总务处及场产、运销二厅。省设盐务管理局，下设盐务分局管辖县，是一整套由上而下的专管机构，在这机构之下有运商、销商、代销商。陈州鼎记盐号就属县级代销商。

鼎记盐号的老板姓吴，叫吴三才。因其姐夫是开封盐务税警警长，所以他才有机会弄到这一肥差。因为盐一直是专岸承包性质，运商、销商、代销商都是专岸承包者，即属一个县或地区独家经营，行话称为引商或专岸。"引"的含义是盐，包括盐的计算单位，盐从盐场出来多以"引"计算斤数，每引两包，每包二百五十八斤，五百一十六斤为一引，盐的产地也称引地。划定的运、销区域界限称引界。专岸的"岸"字含义是边沿，指划定的区域边沿分界。"专"是指专卖即独家经营。因是独门生意,不但好做,利润也丰厚,据行内人士透露,代销商除去正常的盈利外,主要是赚卤耗。按清朝《六法全书盐铁法》规定,每引有五十六斤卤耗,不纳税,不计价,行内叫"空白格"。鼎记盐号每日可售二十五或三十引,卤耗约占一千五百斤左右,除此之外,盐商还要用沸水把盐先拌后闷,盐内掺水嫌黑心钱。开初,吴三才还不会这一招儿,后来是他的姐夫专让他到别家盐号学习了几天,才掌握沸水拌盐之法。

当然,拌盐加水是个体力活,需要雇工,为保密,吴三才雇用的多是哑巴。

自从清朝起,陈州盐局销售的一直是天津塘沽的芦盐,盐运商在周家口,芦盐从天津卫装火车,到漯河站转运走水路,一直到周家口西新集盐码头,然后分运到各县盐号。盐运来之后吴三才先将新盐入库,要掺水后再出售。因为数量大,掺水入盐也算是大工程,首先需要场地,所以,鼎记盐号的盐库很大。仓库全是青石铺地,因为青石不怕盐蚀,连库墙的根基也全是石头。拌盐的雇工除去哑巴,也有不少智障人。吴三才为让这些人掏力气,不怕他们吃,而且经常让管家买肉犒劳他们。在那些兵荒马乱的年代,这些残疾人能找到吴三才这样的老板,已算是烧到了高香。

哑巴中有一个叫宋亮的,很聪明。他属于半路哑,九岁那年患了一场怪病,高烧不止,后来遇见一个游方和尚为其开了一剂中药,喝后高烧止了,却成了聋哑人。但无论是聋是哑,总算保住了一条命。那游方和尚对宋亮说："你虽然成了残疾人，但也有好处，就是你听不到人世间的是是非非，省得烦；你嘴巴不能说话了，又省了很多是是非非，心里静。只要你的心和眼睛能明辨是非，就足够了。"宋亮家是村里王财主家的佃户，宋亮长大后本该还为财主家种地，可宋亮心野，便来到城里当伙计。他对吴三才比画说，若在家种地这辈子不但辛劳，老婆也娶不上。在你这里挣下大钱，娶个媳妇，生一个会说话的娃娃！吴三才笑着向他竖起了大拇指。宋亮又比画说："吴老板你是好人！"吴三才先拍拍左胸，然后笑道："我对你们好全凭的是良心。因为人有旦夕祸福，说不准就会有灾难降临在身。比如你，本来聪明伶俐，不想一场病改变了你的命运！"说完，同情地按了按宋亮的肩头，很长地叹了一口气。

那时候，宋亮的双目里早已噙了泪花儿。

其实，吴三才能对哑工们好，除去让他们好生干活外，还有一个更重要的原因，那就是因为他有一个哑巴儿子。吴三才的哑巴儿子叫贵贵，刚满十岁，虽然失聪，但也很聪明。他常来盐仓里玩儿，尤其见到宋亮，又笑又"哇哇"叫，也不知道二人说的是啥，但看样子很高兴。有时候，贵贵还拿糖果水果什么的让宋亮吃，宋亮也不客气，接过来就吃，只是每当宋亮伸出手时，贵贵就又惊又叫。原来宋亮他们整天与盐打交道，手脚全被盐蚀得退皮浮肿，每当贵贵看到宋亮那又白又褪了皮的手，就"哇哇"不止，然后跑过去找他爹。吴三才见儿子又叫又比画，不明白怎么回事儿，后来还是宋亮来了，聪明地伸出双手让吴老板看，吴三才这才明白，当下就买了几条澡缸，让哑工们洗澡净身，高兴得哑工们直给贵贵磕响头，笑得贵贵直掉眼泪。

为着独生儿子是个哑巴，吴三才很犯愁。虽然他纳了几房姨太太，但除去这个贵贵，剩下的三个全是女儿。为此，他还曾多处求医拜佛，药没少吃，庙没少进，但均不济事。算命先生说他命里本无子，只因他有善心才得了这么一个哑巴儿子。吴三才回来给大太太一说，大太太冷笑道："你有啥善心，天天往盐里掺水！为啥贵儿是哑巴？就因为是盐淹了口，说不出话了！"吴三才说："往盐里掺水的又不是我一个，为啥人家都有儿子，偏让我生下个哑巴？"大太太说："人家赚了昧心钱，总会拿出一些救济穷人，为的啥？就是赎罪过！可你赚了钱，不是纳太太就是去巴结你姐夫和盐局的那些人，上神不惩罚你才怪哩！"吴三才一听有道理，问："那依你说咋办？"大太太说："咋办？好办！你别再往盐里的掺水，不就是行了大善了！"吴三才苦楚地说："若不朝盐里掺水，赚的就少了。这每年都要朝省盐务局，运销二厅、盐务分局和盐税局进贡，可是需用一大笔钱。我实话告诉你，去年拜的门头多，朝盐里兑水的赚头还包不住！若不兑水，去掉他们的，咱们可就所剩不多了！这么大一摊子，没钱可不是闹着玩儿的！"大太太想了想说："你不朝盐里掺水了，就可以解雇不少人，负担不就轻了?"吴三才一想也是,就决定做善事,从此不再朝盐里兑水,将几十个残疾工人也全都解雇了。

鼎记盐号从此不朝盐里兑水,对于陈州人来说是个好事情,可对于宋亮和那些智障人来说,可算是被踢了饭碗。从吴家盐号出来的智障人又开始流落街头,有的讨饭有的捡垃圾吃,宋亮挣钱娶媳妇的美梦也被破灭,只好回到村里跟着父亲当佃户。这一下更苦了贵贵,由于见不到宋亮他们,整天哭闹,后来又双目发呆,有时坐在盐库里,一坐一天。为此,吴三才很犯愁,最后还是管家出了个主意,就是专雇宋亮来陪少爷玩耍。吴三才一听是好主意,当下派人去找宋亮,宋亮一听又让回盐号,很高兴,随来人回到陈州。不料他刚走到鼎记盐号大门前,突见那里聚了好几个智障人,定睛一看,全是原来的工友。原来这些智障人虽脑子不太好使,但能知道何处有饭吃,所以他们肚子一饿就朝鼎记盐号跑。宋亮跑过去与他们比画一阵后,这才去后院找贵贵。贵贵一见宋亮,一下就蹦了起来,高兴得直掉眼泪。宋亮心中惦记着那几个工友,与贵贵比画了一阵,贵贵很快就明白了他的意思,拉着他就去找吴三才,两个人给吴三才又叫又比画,吴三才不知发生了什么事儿。后来还是管家弄懂了他们的意思,对吴三才说:"这两个孩子的意思,是让你还往盐里兑水,好给那些傻呆人弄饭吃!"吴三才望了望宋亮和贵贵,长叹一声说:"那好吧,就依你们吧!"

宋亮跑过去与他们比画一阵后,这才去后院找贵贵。贵贵一见宋亮,一下就蹦了起来,高兴得直掉眼泪。

宋亮和贵贵高兴得手舞足蹈，二人一同跑到大门外，先领回那几个工友，然后满陈州城地找另外的残疾人，第二天，鼎记盐号就又恢复了朝盐里兑水的工序。

听说吴老板又收留了被他赶出的残疾人，众人都佩服吴三才这一善举，尤其是那些残疾人的亲人们，更是感激不尽，到处为吴三才唱赞歌，很快，吴三才便成了陈州城里的大善人。

为此，吴三才很是困惑，问管家说："当初我解雇这些人，是不想再朝盐里兑水，可也没有人夸我好，如今，这么一弄，反倒落下善举之名！真是怪哉！"

管家想了想说："这大概就是大善行天下，人人都觉得本该如此。而小善是人人看得见，所以才换得一片赞美声！"吴三才一听有道理，说："早知如此，真该早早地解雇他们一回。"

二人大笑。

有一天，当初给宋亮治病的那个游方和尚来到鼎记盐号，说是能给贵贵治哑，但条件是不准再朝盐里兑水和解雇这些残疾人。吴三才说你的条件我可以答应，但贵贵的病能否治好让我怀疑。那游方和尚说你若不信，我可以先治好宋亮的病让你看。吴三才一听这话，急忙派人叫来宋亮，让那和尚为其治哑。那和尚说治哑并不是一天两天的事，需要足够的时间。吴三才说："那好，我就信你一回。这样吧，你就住在我这里，专给宋亮治病吧！"说完，让下人为那老和尚打扫客房，安顿其住下,并让宋亮与他住在一起。那和尚很高兴,当下就取出银针,先给宋亮扎下第一针。这样过了两个月,宋亮果然恢复了嗓音,能说话了。如此奇迹,颇让吴三才惊喜,当下就答应了那和尚的条件,让其给贵贵治病。不想那老和尚说:"贵公子的病比宋亮的严重,需到山中静养静治,时间会更长一些,不知你能否信我?"因有宋亮在前,吴三才坚信不疑,便让其领走了贵贵。

贵贵走后,吴三才就收了宋亮为义子,供他读书识字,目的是等贵贵回来后再陪贵贵,不想自那天贵贵一走,杳无音信。几年后,宋亮又由义子变成了吴家的门婿。后来吴三才患了偏瘫,盐号交给宋亮,宋亮继承岳父之志,善待工人,而且从不朝盐里兑水,所以,在民国年间,整个河南,唯有陈州人吃的是不兑水的纯盐。

贵贵哪里去了?

就有许多人猜测:有人说宋亮是个半路哑,所以那老和尚能将其医好了;而贵贵是先天性失聪失哑,压根儿无法治愈。那和尚怕丢手段,所以再不敢带贵贵回来,让其出了家……还有人说,那老和尚是宋亮的大爷爷,从小因家穷出家,为让宋家后人发财,先将宋亮治哑,然后让他去鼎记盐号,恋得贵贵离不开他后,又将其治好,为让宋亮能继承吴家家业,老和尚故意带走了贵贵……还有人说,宋亮压根儿就不是哑巴,这是那老和尚的一个阴谋,为是的巧夺盐号,原因是他与吴家有仇,并说他压根儿就不是什么和尚,只是一个游方郎中……

后来,宋亮一直经营鼎记盐号,直到一九三八年陈州沦陷。

再后来,有关鼎记盐号的许多传说与猜测就随着知情人的离去,被封在永恒的时光里了……

陈州鞋店

民国初年,陈州鞋店设在平湖街北侧,店面不大,老板姓白,叫白金全。开初只卖军装皮件、马缰绳、马鞭、箱包类大型皮件制品。后来才开始兼营皮鞋、皮靴,尤以线缝小方头男士皮鞋受到市场的热捧。小方头皮鞋是仿武汉大方头皮鞋,结合本地的皮鞋的鞋型创新设计的。采用方头夹圆头的角度形成一种扁平而带流线型的皮鞋头式,既没有大方头的笨相,又没有小圆头的娇相,别具一格,美观时尚,老、中、青穿着皆适应,很快成为市场上的畅销品,打进了开封和西安等大城市。生意好,赚钱就多。赚钱一多,就需要扩大生产。生产一扩大,就需要租赁或筹建厂房,增加人员。不料在这时候,老掌柜白金全患脑溢血身亡,其儿子白一凡年龄尚小,其妻是个没主意的人,眼见鞋店处于瘫痪之状,赶巧白老板的妹妹白冰花从北平回来,接替兄长担起了重任。

白冰花原在开封读书,毕业后嫁给了一位姓曹的军官,随夫进了北平。不想军阀混战，丈夫战死疆场，她只好回到娘家。

白冰花接任鞋店后，并不慌着扩建厂房。而是先抓皮鞋的质量。她说这叫以缩求伸，看似发展慢了，实则是快了。只要质量过硬，才能立于不败之地。为确保质量关，她很重视"做工"，对工人的操作技艺要求很严。规定个人所制成品均要通过其掌作师傅检验以及顾客的鉴定认可方算合格。

除去重视做工外，在用料上也十分考究。无论面革、底革一律精选上等的原料。皮革则从汉口牛皮作坊进货，面革质量也不亚于进口的"西纹革"。就包括缝鞋的丝、麻线等材料也从不马虎。为更多地吸引顾客，白冰花还打出广告，可以画样订货，送货上门。由于皮鞋质地精良，服务周到，不但受到国人的喜欢，连外国人也前来订货。

当时社会上女老板极少，白冰花如此出色，很快就成了陈州名流。人这玩意儿，无论你有权或是有钱，只要达到一定水准，就会引人注目。你有权了有钱人会巴结你，你有钱了有权的人自然就会找到你。白冰花的鞋厂能赚钱，经济实力越来越雄厚，就引起了官员们的注意。先是让其当了陈州商会副会长，然后又让其当了政府议员，各种重大活动皆请她参加。白冰花见过世面，善于应酬，自然也乐意参与这等活动。女人都有虚荣心，白冰花也不例外。每次出场，她均要精心打扮自己。有一天她一连赶了三个场子，连换了三套装束，成了陈州人的美谈。

但是，人怕出名猪怕壮。白冰花如此招摇，自然会遭到妒忌，尤其是陈州其他行业的老板，觉得白冰花抢了他们的风头，就想法生点攻击她。古今中外，攻击女人最好的手段是用桃色事件，于是就有人编排白冰花如何靠脸蛋当上了商会副会长，如何靠大腿之功攀上了某某政府官员，当上了参议员。而恰在这时候，陈州城新来了一位县长。县长姓田，叫田岱，年岁刚过而立，潇洒又倜傥。这田大人在未来陈州之前就听说陈州城里有个漂亮的女老板，可能是心仪已久，所以到任第三天就以拜见商会会长为由，拜访了白冰花。对于田岱的来访，白冰花颇感意外。因为过去与官员们见面，多是在县府或别的什么公开场所，像田县长如此屈尊还是头一次。又见新任父母官年轻潇洒，风度翩翩，白冰花就感到有种从未有过的激动和兴奋，当天中午特在陈州饭庄订下丰盛的酒席，用以回报县长大人的亲民之举。这本来是一次正常的接待，不想也被别有用心之人利用，说白冰花真厉害，新县长刚上任就勾搭上了！

不想田岱是个新派人物，去欧洲留过学，父亲为他订的婚约他不理茬儿，一心要找个有现代意识的女子为伴，所以一直未婚。前天一见白冰花虽年过三十，但仍然朝气蓬勃，穿戴举止毫无陈腐之气，就起了爱慕之心。现在一听有人造谣中伤，非但不恼，反而很高兴。当下派人请来白冰花，问道："有人在诽谤你我知道不？"白冰花笑道："白玉无论如何被泼污，但终究仍是一块白玉！"田岱认真地说："既然如此，那咱们就以假当真你看如何？"白冰花一听年轻的县长如此向自己示爱，颇有些感动，她深情地望了田岱一眼，说道："你要知道，我可是个寡妇。"田岱说："什么寡妇不寡妇，在西方，人家从不在乎这个。"白冰花此时已经冷静下来，又望了田岱一眼，问道："请问你是看中了我的人呢，还是看中了我的钱？请你直言相告？"田岱笑道："自然是看中了人！若论钱，你钱再多，也比不得我手中的权。你信不信？"白冰花沉思片刻，点头称是后，又说："我可是比你大几岁。"田岱说："这个我早已知道了，你比我大三岁。西方称此为姐弟恋，在中国，称为女大三，抱金砖。所以说，这应该是好姻缘！"

见年轻的县长把话说到这一步，白冰花甚感欣慰和激动，很真情地说："真没敢想您能如此看重我！实言讲，鞋厂是我哥哥的，不幸兄长早逝，侄儿年少，我只好牺牲青春帮他们！首先请您原谅，婚后我不会跟你当专职太太。我还想再干几年，等侄儿长大成人，我们再在汴京或郑州开个分厂！"田岱见白冰花答应了婚事，很高兴，说："有你对你兄长的这片真情，更证明我没看错人。请你放心，无论婚前婚后，一切全由你做主！"

不久，二人成婚。

因为是县长大人和商界名媛的婚礼，办得极其隆重，轰动了整个陈州城。

二人婚后，相亲相爱。田岱当官，白冰花经营鞋店。一个掌权，一个挣钱，虽是夫唱妇不随，倒也相得益彰。田岱为官一任，由于受西方影响，他力革沉费，锄恶霸，严法纪，办学校，抓教育，颇受陈州人爱戴。不久，由于政绩显著，被提升为副专员，刚上任不久，又被提任为省府教育厅厅长。这时候，白冰花的侄子已经长大成人，白冰花将鞋店交付给侄子后，也随夫君到了省城。他们在省府前街置买了一套宅院。

乔迁新居时，田岱显得格外兴奋，对夫人夸耀道："如此这般顺利，不出几年，我说不定能坐上省长宝座！"白冰花见夫君年轻得志，提醒他说："别忘了，官场黑暗，尽量往坏处着想，往好处努力才是！"田岱说："往坏处着想无外乎是下台不当官！可我怕什么，夫人早已替我铺好了后路，在省城办个鞋厂，当大老板就是！"白冰花一听这话，禁不住苦笑了一下，望了望丈夫，好一时才说："只可惜，我已用办鞋厂的钱为你换成副专员和厅长的乌纱帽了！"

豫泰昌烟厂

早在民国以前，陈州城就有了烟坊。北街有"同茂成"，西街有"同茂德"，十字街西路北还有一家"豫泰昌"。那时候的烟坊还不能卷烟，只是用匣子将烟叶压成硬块，经加工后再用宽大的刨子将烟叶刮成细丝儿，有高档的"雪丝"烟和低档的"皮丝"烟两种，用铜制水烟袋或旱烟袋吸食。

自从卷烟传入我国，上海等沿海口岸建立了卷烟厂，什么"哈德门""双刀""黄金""仙鸟""美伞""红锡包"等名牌香烟很快就进入了陈州市场。陈州随即便有了小型卷烟厂，最大的是大十字街南路东的同丰烟草公司。大概也就在这时候，原来生产毛烟的豫泰昌烟坊也购置了卷烟机，生产"金凤牌"香烟。由于配料好，配叶严，很快就超越了同丰生产的"美美牌"和"无比牌"，独占鳌头十年之久。

豫泰昌的老板姓毛，叫毛西丰。民国初年的时候，毛西丰正年富力强，很有开创精神。改厂初始，他就从上海聘请来卷烟技师，而且从许昌襄县一带购买烟叶。他说襄县地硬，烟草有劲儿。在烟丝儿用料上，多用外国洋货，盘纸用日本卷纸，看利轻，很快就抢占了市场。

毛西丰能有如此魄力和胆略，主要是他曾去欧洲留过学，懂得西方经济管理。他的父亲叫毛大洪，就是当年专生产毛烟时的豫泰昌老板。这人不守旧，有了钱，就供儿子出洋留学。毛西丰从英国回来后，正赶上烟厂从手工作业向机械转行的紧要关头，便大胆购置了卷烟机。但是，扩厂之初，也曾遇到过很棘手的难题。

豫泰昌的厂址在沿湖街，紧挨东城湖。原来的厂地不是太大，购置了卷烟机，就需要建厂房。要想扩建厂房，第一个要解决的就是地皮问题。因老厂子东边、北边紧靠城湖，南边临街，所以只能向西扩展。而西边是一家大户人家的后花园，地势、面积都很理想，只是担心人家不卖。这家户主姓胡，叫胡一升，皖地人，为徽商，早年来陈州做丝绸生意，发了财，在大十字街处盖了陈州第一座百货楼。只是胡家人丁不是太旺，娶了三房妻妾，只生了一男一女，而且儿子和女儿都是残疾。儿子五岁时患过小儿麻痹症，拐了一只脚；而女儿却因生天花落下一脸黑麻子。胡老板为此很丧气，只认自己命苦，但这又是没办法的事。

现在，豫泰昌的少老板要扩建烟厂，而且看中了他家的后花园，并且出价不低，使胡老板很有些犹豫不决。论说，自己也不缺这几个钱，只是他为后代问题曾请过不少阴阳先生，几位先生皆说其人丁不旺是因为这片宅基有问题，因为胡宅的北面正对着画卦台，画卦台上有一棵八卦柏，半歪了几百年，而树上有不少鸟巢，这些鸟每天都去胡家的后花园里觅食，将花园里的树籽、果籽、花籽全叨走了。占卜先生说，"籽"同"子"，你哪里还会有后？就是有，也是个"烂籽"，这不，儿子不残废了？开初胡老板不信，后来他又娶了两房，仍不见生儿子，这才信了。但尽管自己一心想卖掉这片花园，可又怕生意上的对手借机造谣生非，因为毕竟是卖宅基呀！所以，胡老板就一直犹豫不决。

　　胡老板犹豫不决，就苦了毛西丰。他虽然也想另选厂址，只可惜买过机器后资金紧张。再加上胡老板又没一口回绝，仍给他留着希望和念想，所以也只好耐心等待。不想这时候，胡老板托人送来了信息，说自家的后花园是给女儿准备的彩礼，怎么能卖呢？言外之意，那就是留洋归来倜傥潇洒的豫泰昌少老板毛西丰要想得到这片地皮，必须托人来求婚，娶走自己那个麻脸女儿！

　　这消息很快传遍了陈州城，许多人都说，这胡老板真是想得绝，这叫什么？这就叫"癞蛤蟆想吃天鹅肉"！

　　可令人料想不到的是，毛西丰竟真的托人来求婚了！

　　这不但出乎陈州人的意外，连胡老板也觉得很不可思议！他原来是想用此一箭双雕之计给自己找一个台阶。你毛西丰若真想要这片地皮，那你就必须托人来求婚。你不想娶我的丑女儿，我只说是给女儿当嫁妆，不卖，也顾了我面子。不想人家竟毫不犹豫地托人登门求婚了！这毛西丰，真是不可小觑了！

不可小觑的毛西丰很快就与胡老板的女儿成了亲。胡老板不食言，除去赔送丰厚的嫁妆外，还特意请了中间人，将后花园那片地皮量了数目，立了字据，用红纸腰着，送给了毛家。因为是两大户人家办婚事，自然很热闹，又因为男方是位很帅的留洋生，女方是一脸黑麻的丑女，不少人都怀着不同的心理来参加婚礼。毛西丰却很大方，他在酒宴上当众搀过新娘，掀开新娘的盖头，对众人说："诸位，我与胡小姐结合，许多人很可能认为不般配。其实，你们错了！我从小就见到过没患过病以前的胡小姐，她美如天仙，从此就在我幼小的心中扎下了根！后来听说她患了天花，脸上落下病迹，我为此不知流过多少同情的泪水！这些年我虽然留洋在外，但心中每时每刻都在牵挂着她！有人可能认为我娶胡小姐是为了得到一块地皮扩建烟厂，现在我声明，造成这个误会，不是我的错。我本打算厂子投产后再去胡府求亲，不想我的岳父大人却为我设下这个难题！为讨回我的清白，现在让我的新娘为我作证！"

新娘毕竟是大家闺秀，知书达礼，接过毛西丰的话，很大方地说："西丰君在欧洲留学时，每年都寄信与我，大家请看！"说完，让丫环取出一个非常精致的小箱子，打开了，内里果真有十几封域外来信！

众人这才信了,掌声如雷。

毛西丰又说:"为了爱情,也是为打破陈州陋俗,我毛某将与胡小姐厮守一生,决不再娶纳妾!"

欢呼声、掌声如潮一般震荡着婚礼大厅。

这以后,毛西丰果然遵守诺言,不纳一妾,并与胡小姐恩爱如初,生下两男一女,个个漂亮。由于毛西丰的人品端正,很受人尊重,生意也随着人品与信誉越来越红火,十年后便成了陈州首富,还被选为商会会长。

胡小姐为了丈夫的声誉,也从未向外人透露过关于那一箱子书信的秘密!

只是每当二人私下说起这件事儿时,都要笑得合不拢嘴……

永康粮号

永康粮号在陈州众多以经营粮油为主的商号中，可谓首屈一指，是经济实力最为雄厚、来往客户最多、经营活动覆盖最广、单线路程最远、成交量最大的一家大粮号。

永康粮号在陈州城南关老城墙以里，有两个大门，一排二十余间门面房，门前的经营场地也宽阔，可容几十辆粮车进货出货。永康粮号经营的商品种类主要是粮食、油类和油料，其次是山材竹木、石器石料、石油煤炭等，也出售他们自己烧制的"黑谷酒"。

永康粮号的主人姓封，叫封成祥。封家公馆在粮号左侧，靠东城湖，内有十三节小院，是陈州城内最阔绰的公馆。封家不但经营粮号，还经营银庄、商号等多种生意，永康粮号只是封家庞大家业的一部分。永康粮号的总把子姓薛，人称薛二爷，与封成祥是姑表兄弟，又被行内人尊称为薛表佬。此人不善经营却善用人才，永康粮号能生意兴隆全凭他的两个领事掌柜。

大掌柜姓于，名端瑞，汴京人。此人具有远见卓识，善于审时度势，精于策划，在经营活动中掌操胜算；二掌柜姓黄，名聘三，新乡人。此人办事干练持达，有明智奇谋，能率众合力。这二位掌柜堪称生意场上的黄金搭档。虽然和封家属雇佣关系，但他们领的是封家薪金，吃的是封家饭，赚的是封家钱，在经济上与封家公馆利益一致，休戚相关。对永康粮号他们负有经营管理之全责。封成祥对他们相当敬重，恩礼有加，从来不颐指气使。于、黄掌柜手下百十号从业人员中有账房、代买、斗把、秤把、大小徒弟等。这些人都签有从业契约，他们的身份地位在粮号等级森严，收入待遇也悬殊。徒弟三年期满后要先效师一年，等有了薪水，地位仍然十分卑微，收入也与师傅、掌柜们有天壤之别。作为徒弟，师傅、掌柜们永远是你的学习榜样和奋斗目标。你不但要兢兢业业勤勤恳恳尽量设法干好自己分内的事，而且还要经得起多重考验，必须牢记号规，以规办事，照章工作，不能越雷池半步，否则，前途就会暗淡无光。

这叫"无为而治"，实际是很工于心计的。

其实，薛二爷对于、黄二人实行的也是无为而治。他对封成祥说，我只要管好两个掌柜就行了。薛二爷管掌柜的办法是让封成祥关心两个掌柜，也就是经常给封老板提供有关两个人的信息：谁的生日该到了，谁的父亲要祝寿，谁的老婆要生孩子，等等，多是些人生中需要别人关心一下的事情，封老板得知，就派人提前去慰问一下。这自然就使得两个掌柜很感动，就觉得老板对他们太看重，干不好对不起人家的这份儿情。于是，两个掌柜就像两头牛一样弯下身子为永康号拉套。

这样，薛二爷就显得很清闲。

清闲的薛二爷有两个嗜好：一是钓鱼，二是逛街。薛二爷逛街多是一手托黄铜烟袋，一手提鸟笼。他很随便地在陈州城的大街小巷里闲逛，走到哪家店铺前，还爱站一会儿，跟店主"喷"几句，而且不论大店小店，旺铺名号，就连打烧饼的小铺子也不放过。他逛街也很有规律，多是下午，因为上午各店生意忙，他不打扰，只在粮号里转一转，然后就去城湖边垂钓。到了下午午休过后，便开始逛街，半个月将陈州城的大街闹巷逛一遍儿，一个月正好逛两遍儿。这样薛二爷就在陈州城里极有名望，因为他是永康粮号的"总把子"，名分大，能如此已使店各店各铺受宠若惊，更何况他老人家还要亲亲热热地跟自己"喷"几句。若是碰上谁家有红白喜事，他还要送个红包或让手下送份纸钱。这是何等的荣耀！所以，他就成了永康粮号的活广告，使得永康粮号的声誉日益增高。

这一年，陈州一带大旱，粮价骤升。这本该是粮号发财的大好时机，薛二爷却建议封成祥对陈州城内的市民供粮比外店低二成。封成祥采纳了他的建议，又一次使永康粮号赢得了好名声。后来灾情越发严重，陈州城另几家粮仓均遭哄抢，唯永康粮号安然无恙。

薛二爷的名气就越来越大，慢慢地，就有些功高盖主的倾向。不少陈州人，只知永康粮号的薛二爷，却不知老板封成祥。也就是说，在众人心目中，薛二爷与永康粮号是画等号的，而封成祥竟成了某种摆设。那时候，没电台少报纸，众人之口便是"媒介"。薛二爷无心插柳柳成行，是他的生活习惯成就了他。

看时机成熟，薛二爷就自己另开了一家粮号，取名为"荣康粮号"。并用高薪聘用黄聘三为领事掌柜。

薛二爷每天仍坚持钓鱼逛街，对黄聘三实行的还是无为而治。

荣康粮号的生意很快就兴隆起来。

封成祥为此很大度，非但不生表弟的气，反而有意让出一些生意给他。大掌柜于端瑞就很感动，对封老板的为人和胸怀更加佩服，做事也越发卖力，一个人干起了两个人的活。也就是说，他也与黄聘三较上了劲儿，看谁能为自己的主人多赚钱。

不料三年未到，蒸蒸日上的荣康粮号却突然倒闭了。大掌柜黄聘三将巨款转到芜湖，将薛二爷的荣康粮号变成了一个空架子。

薛二爷经不住如此打击，投湖自尽了。

陈州人都很惋惜，想起薛二爷平日的人缘，都去薛府吊孝，送葬的队伍排了几道街。

于掌柜为此很是不解，问封成祥说："薛老板为人那么好，那黄聘三怎能干如此对不起人的事呢？我还真没看出来，老黄竟是个有野心的人！"

封老板笑了笑,意味深长地说:"薛二爷只有将才,没有帅才,若换上你是黄聘三,也会滋长野心哩!"

于掌柜听了这话怔了一下,什么话也没说。

后来,封老板为给表弟报仇,暗暗报案官府,将那黄聘三捉拿归案,夺回了所贪巨款。

封老板还亲自去大牢探望黄聘三。黄聘三感激涕零,哭着对封成祥说:"我好悔呀!"

封老板长叹一声说:"也是我那表弟害了你呀!"

方家药室

方家药室,兴于清乾隆年间。方家祖籍江南镇江,已有二百余年历史,祖上方怀瑾为避兵荒之乱,行医北上,定居陈州小北关。

方家药室有一世传古牌,漆黑发亮,刻得神奇有力。大头"方"字像一只吉祥卧式"鹿"样,闪闪放光,表示方家的福禄慈善;"药"字似飞鸟白鹤一样,象征"仙鹤金鸟"。方家药室的第四代传人方万兴,绰号"方神仙",是陈州城有名望的中医先生。方先生幼年聪慧,读完四书五经后,又攻《黄帝内经》《脉通》《灵枢素问》《八十一难经》等中医名著。他门里出师,在汴京又当了学徒三年,在"济世堂药铺"当相公,识别药性,熟背各种验方,集汴京城各家名医之专长为己有,擅长伤寒、妇科、儿科、内外科等疑难杂症,可谓手到病除。

民国初年,陈州城流行霍乱,方先生为普救众生,支锅在十字街口,日夜熬煎自己配制的中草药"瘟疫汤",供市人免费饮用，并派伙计为病重者挨门送药，救活病人不计其数。市民为感其恩，特精制高匾一块，上刻金字"复活堂"，敲锣打鼓送至其药室，由县长亲自悬挂其堂额之上。

当时陈州的第一任县长也姓方，名国兴，与方万兴只一字之差，为本家。由此缘故，方县长就常请方先生到县府暖阁下象棋。

方先生与方县长下的是赌棋，也就是说，二人是用棋赌博。开盘之前，先下注。每人十块大洋或更多一些，同样的赌资，放在那里，胜者将钱拿走。若是平局，就各自将自己的那份儿取回来。若再战，就再下注，很显君子风度。二人棋艺不差上下，有时大战半天，仍是平局。有输有赢时，也并没多大的赌注，不是伤筋动骨的那种豪赌，图的只是一个精神劲儿。他们借这个赌的心理，每次都能聚精会神，玩得极是尽兴。

如此一来二去，方先生就觉得方县长很看得起自己，很感动。为报答这份儿情义，他常给县长带一些名贵的补药，东北野参、鹿茸什么的。方县长很领情，常抽闲暇去方家药室坐一坐，有时还很张扬地派人去请方先生到县府下棋。如此这般，没过多久，方先生的分量在众人眼中就越来越重了。这一年，陈州中药协会成立，方先生很自然地当了会长。

方先生一当上会长，应酬自然也就多了起来。有时候上头来了人，方县长也请他作陪。县长看得起，地方名流与豪绅自然懂得其中之奥妙，儿婚女嫁，开张庆典，也多请他来壮门面。

当面背地，已很少有人喊他"方先生"，而喊他"方会长"。初听时他还感到有点儿别扭，很不好意思地说："不敢当，不敢当！叫老方叫老方！"不想时间长了，再有人偶尔喊他"方先生"时，反倒觉得不顺耳了，小瞧他了，面目同时会掠过一丝不快。

由于应酬多了，药房的事情他就无暇过问，交给了自己的长子。又由于应酬多了，给人看病也少了。时间一长，竟对药名也感到生疏，不能熟练地配药开验方了。慢慢地，"方神仙"也不神了，找他看病的自然也就越来越少了。他呢，混场面多了，走到哪里都是一片恭维声，虚荣心得到满足，竟也有些乐此不疲了。但也有不快之时，比如在某些大场合里，上有县长、县参议长、党部书记、商务会长、警察局长、驻军头目什么的一大群，有时候念了一大溜儿名字还轮不到他。此时他才感到自己的地位远不如人，很是伤自尊。于是官瘾就越发强烈，要往上挤一挤，想当商务会长或县参议长。

为达目的，就要采取手段。他知道光靠与县长下棋送人参鹿茸什么的已经不行了，于是便决定给县长送大洋。头一次送了五千，方县长笑纳。第二次又送了一万，方县长又笑纳。方县长知道他的心事，挑明说："事情要慢慢来，不可操之过急！"可是，那时候方先生的官瘾已经被吊足，怎能不急？他觉得方县长是有意推迟，很可能是嫌自己送得太少，还不到位。于是，又送。一连送了好几万，仍不见效。耐不住，就问方县长说："你说个数吧，只要如愿，我一下送齐怎么样？"方县长见本家太不谙官场之道，但又不易明说，推托道："官场之事，要有耐心。你看，本县参议长和商务会长没有空缺，我总不能无故免去他们的职务吧！"方先生一想也是，这一切怪不得方县长，怪只怪没有空位。真是急不得，可又一想，陈州县的参议长和商务会长岁数都不是太大，大概都比他还年轻好几岁。若等到他们致仕退位，自己不也老了。怎么办？总不能让送礼的几万元打了水漂吧！他想了许久，也没想出什么好法子来。

说来凑巧，那几天正赶上商会会长身体有恙，常去方家药室看病抓药，不料吃了方家的几服中药后，非但没好，反而一命呜呼了。

这样，方先生就惹来了麻烦。

第二天，方县长把他叫去，郑重地看他一眼，意味深长地说："老兄是不是操之过急了一点，竟采用如此手段？"

方先生莫名其妙地望着方县长，许久才"恍"出一个"大悟"来，惊叫道："你是说，是我为抢位置，害死了商会会长？"

方县长冷笑一声说："你说呢？如果人家要告你，你可是有理说不清哩！"

方先生很硬地说："我没做亏心事，岂怕鬼敲门！"

方县长缓了口气说："那就好！我只是为你担心而已！不过，你如何能证明你的清白呢？"

方先生说："可以取回熬过的药渣儿与药方儿相对，如果没抓错药，就与我们方家药室无碍！我们方家药室历来抓药是两道关：一道是称药抓药，一道是专人看方对药，不会错的！"

方先生的话音刚落，商会会长的家人果然来到县政府，将方家药室告上了大堂。

方县长按照方先生所说，让人取来商会会长喝过的药渣儿，又请来了两个老药师，扒拉看对方子，药样不多也不少。

可是，从汴京请来的法医验证，商会会长身上发乌，实属中毒而死。这毒是谁下的？

方县长派人叫来商务会长的三房姨太太，问她们是哪个熬的药。商会会长的大太太说："我家先生的药剂一直是我监督着熬煎的，没有人能有机会下毒，肯定是药房出的错！"

方县长说："药渣儿和药方已对过，没错！"

商会会长的大太太说："那就是方先生用错了药！"

方县长就请来几位老中医在大堂验方儿。药方儿上多是些常见草药，没有险药，若按药方儿取药，不会致人死命。

都没问题，而人却是中毒身亡。寻不到下毒人，案子就成了悬案。

方先生虽然脱了干系，但毕竟与此案有牵连，再不敢向方县长提当商会会长一事。很快，新的会长上任，方先生算是白忙了一场。

事情刚过了两个月，方县长就被调到省城任职。新任县长是个更年轻的人，据说其父是省城大员，后台极硬。一般后台硬的人多是目空一切，新任县长也不例外。他来到陈州上任，对前任的工作全持否定态度,撤了新任的商会会长、连任的县参议长,调离了县警察署长,更换了法院院长。可以说,实行了一场大换血的变更。

令人不解的是,唯有方先生没动,仍是中医学会会长。

众人都很奇怪,皆怀疑这方老先生又捷足先登,提前巴结上了新县长。

连方先生自己也莫名其妙。

有一天,方先生进省城,专程拜见了在省教育司供职的方县长。老朋友相见,分外惊喜。方县长专为方先生设了便宴,酒过三巡,方先生讲了新县长到陈州后的一些大动作,最后才十分不解地问方县长说:"不知是何原因,那新任县长动了那么多人,却对老夫手下留了情!"

方县长此时已有几分醉意,望了望方老先生,神秘地问:"你可知他是哪个?"

"谁?"方先生急切地问。

方县长笑了笑,说:"他可是我的小舅子!"

方先生这才长"噢"了一声,说:"噢——怪不得,原来是你有吩咐!"

方县长双目盯着方先生,又说:"记得有一次你我对弈时,你告诉我说,在草药中下煅砒霜是验不出来的!"

方先生脸色顿然发白,急切地问:"什么意思?"

方县长又笑笑,说:"你我心知肚明,没别的意思!只是顺便告诉你一声,我那个小舅子可是比我的胃口大,你要小心侍候为妙!"

方先生怔然了许久,像是自己在草药中下砒霜害死了商会会长似的,老半天没说一句话。

回到陈州后,方先生就自动辞去了中医学会的职务,带着全家离开了陈州,从此安心卖药行医,再不入官道。

只是他始终不明白,是哪个害死了那个商会会长?为什么要害他?

直到多年后方先生临终的时候,他方悟出商会会长的真正死因。只可惜,那时候他已经有口不能语了。

郭家药号

郭家药号的老板叫郭鸿义,又名郭心增,生于清同治十一年。郭老板九岁时被其父送进私塾读书,跟着老师学《三字经》,老师不讲含义,只念句子,让他反复朗读。由于天资聪颖,他很快就把《三字经》背得滚瓜烂熟,受到老师赞扬,就教他全文含义,不久,他便心领神会。此后老师专给他开小灶,教他《千字文》《名贤集》《劝学》《忠言》等。接下来又让他攻读四书五经。光绪十九年,郭心增参加了科举考试,被录取为附生。光绪三十年,他赴开封赶考,被录取为廪生。

在清末年间,廪生为秀才中的最高等级,每月可以从官府领取廪生膳米若干作为生活费。考取廪生后,郭鸿义还参加过开封谘议局的意选,获得成功,被授予官服。官服式样为蓝色长袍,咖啡色马褂,圆形黑圈的红缨帽,帽顶上装配有铜质葫芦型饰物。郭鸿义在任职期间,为官清廉,常为百姓着想,得罪了一些权贵。见清政府官场腐败,他毅然辞职。辞职后本想潜心苦读力争考举人当大一点儿的官惩治腐败，不想科举制度被废除。他只好作罢，便回到陈州，开了一家药号，走上了经商之道。

郭家药号，专经营白芍、菊花和蒲黄。陈州有万亩城湖，盛产蒲黄，每到蒲黄下来时节，郭家就张贴告示广收。要求纯、净、干，不达标决不收购。收白芍时更讲究，必须个匀、粉足、条净、光泽好，加工时要两头见刀，不留一个虫口黑疤，装包分伏贡、方贡、伏顶、天奎、天斗、尾勺片、剁头片七个等级。对菊花也同样严格，采来后，无论数量多大，皆不惜花钱雇年轻的姑娘一朵一朵地挑拣。初拣出的菊花，再分拣成小箱菊花王、箱菊花两个档次，剩下的统称包菊，算等外品，以筒席另装成件，送往禹州、安国或亳州药材大市场。郭家的蒲黄、白芍和菊花的另一个特点是包顶包底一个样，绝无质量不一的现象。由于郭家药号的信誉好，所以生意很兴隆。

郭家药号在南湖街街口处，建筑是仿杭州胡庆余堂的式样，整个形状宛如一只仙鹤栖居在南湖岸边。店铺分两进，一进为厅堂，宽敞明亮，也是营业大厅，二进是帐房间。营业厅内金碧辉煌，陈设琳琅满目，厅两旁清一色黑漆木制大柜台，梁上边学胡余堂悬有"戒欺""真不二价"两块横匾，给人一种庄重、信义的感觉。柜台后边的"百眼橱"上，陈列着各种色泽殊异的瓷瓶和锡罐，与柜台上的乌木镇纸和铮铮发亮的铜药臼相映增辉，皆显示出郭家药店的气魄和威严。

药号大厅的一侧,有一大门,可进轿子和车子。其实,郭家药号与别家大药号一样,大宗生意多在后院交易。后院是方形的,有交易厅,药库和制药坊。交易厅里摆放着药材样品,可供药商们挑选。每到菊花和蒲黄下来的季节,也正是郭家药号最忙的时候。

民国十几年的时候,郭鸿义已年过不惑,正值年富力强。由于经济基础雄厚,还被推选为陈州商会会长、陈州中草药务会会长、河南中草药研究会理事。为扩大经营,他还在安国、禹州、亳州等药材大市场安有分号,一举成为药界名流。

因为是陈州商会会长,所以就常出席当地的重大活动。这样,就必须与陈州地方官员打交道。

民国十二年春,陈州调来一位新任县长,姓石,叫石宜金。石县长上任初始,就先来郭家药号拜见郭鸿义。因为郭鸿义平常爱看曾国藩的《冰鉴》,所以也养成了与生人见面先观其相的习惯。他见石县长门齿外露,一脸奸笑,就觉得此人不可深交。可是,若换上一般人,可以与其少打交道或不打交道,而这石宜金乃是一县之长,无论他如何奸猾凶诈,自己身为县商会会长,是少不得与其打交道的。更让他想不到的是,这姓石的上任初始,就专来郭府拜访,无论是凶是吉,自己是决不能失礼的。

郭鸿义将石县长让到小客厅后,命下人们上了香茶,抱拳施礼道:"石大人上任伊始,就光临敝店,真让敝店蓬荜生辉呀！"

石宜金笑道："哪里哪里，卑职未来陈州之前，家父就一再嘱咐，让我先来贵府拜访！"

郭鸿义一听这话，深感疑惑，先是怔了一下，最后还是禁不住问道："据我所知，石大人府上是杞县，令尊大人怎会认识我郭某？"石宜金意味深长地看了郭鸿义一眼，说："郭会长真是贵人多忘事，十多年前，你曾在汴京城谘议局任过要职，而那时候，家父也正在那里任个小官，只因多占点了些银两，你就将其贬家为民了，还记得不？"郭鸿义想了想，仿佛还刻有这码子事，因为他当时只顾与当地权贵斗，对石父等小人物记忆不是太清。可自己忘了，人家没忘，看这架式，人家还将自己当成了仇家，大有明目张胆的报复之意！

石宜金看郭老板一直不言语，笑道："虽然郭老板对家父处理过重，但家父对你还是挺佩服，常夸你官虽不大，但敢斗大人物！只不过，那些年你可苦了我们了，家父没了俸禄，我们一下子陷入了困境！那苦难的日子，我至今记忆犹新！不过也就因了那苦难，才促使我发奋读书，方有今日呀！"郭鸿义听了石宜金这段诉说，更是琢磨不透这石某到底想干什么了，只好应酬道："石大人如此一说，可更让郭某担当不起了！当初黜退令尊，也绝不是郭某一人能决策的。石大人已为官场中人，想必对这一点儿是清楚的！"石宜金笑道："是呀是呀，这个我自然懂得！郭先生请放心，本县此次拜访，绝无他意，只不过是替家父来叙叙旧而已！等我稳定下来，一定让家父来陈州与郭先生细叙，你看如何？"郭鸿义平生第一次遇到这种事情，觉得好笑又好气，心想若是自己仍在台上，这石某岂敢如此放肆？说穿了，他是有意欺负人！郭鸿义本想发火，可又一想人家眼下是自己的父母官，又一片热情，不能僵持，更不能冷淡，只好借坡下驴道："那样再好不过！郭某时刻恭候令尊大人的到来！"石宜金笑笑，拱手告辞，走到门口处又回首望了郭鸿义一眼，又笑笑，这才走了。

郭鸿义一下就陷入了恐慌与无奈之中。

可是，令他想不到的是，一连几个月过去了，不但没见到石宜金父亲来陈州，也很少见到石宜金了。有关新任县长的消息全是派专人打探来的，有消息说新上任的父母官很有魅力，自上任以来，几乎每天都下乡察看，扬言要根治几条河，以改变陈州灾区的面貌；有消息说这石县长是个清官，有人送礼被他拒收，还罢了那人的官；还有人说，石大人不畏强暴，城南颍河镇上的一家恶霸依仗其兄在省城做官，横行乡里，已被石大人将其押进了南监……当然，也有负面消息，说这石县长新官上任三把火，全烧的是假火；他下乡察看专访有钱人家，根治河流只是喊了喊，颍河镇那家恶霸是真的被收监，只不过那人的兄长被罢官……云云，反馈回来的消息有好有坏，这更让郭鸿义摸不着头脑了！后来他仔细想想，觉得这石宜金无论是好官还是赖官，当初来府上谈往事很可能也没什么恶意，只是一种巧合而已,有种探奇的意思。你想,是我郭某罢了他爹的官,恰巧他又来陈州做官,这里边肯定有种好奇的意思。反过来想,如果他想替父出口恶气或携嫌报复,何必专来讲明,暗中使坏不就得了!人家是不是想以父为戒,在仕途上有更大的作为?如果真是那样,反倒是自己多心了!以小人之心度君子之腹,绝不是我郭某人的秉性……如此思来想去,郭鸿义就释然了不少。可令他想不到的是,那种"释然"只是暂时的,石宜金临走时的奸笑像是刻在了他的脑际间,挥不去,打不走,还时常在梦中出现,吓得他半夜惊醒大汗淋淋。为此,他常为自己的这种提心吊胆而苦恼,心想自己当了一回清官,本该坦坦荡荡,却料不到会碰到这种事情,反倒像做了贼一般!再想想自己当初在仕途中的受挫,更觉得"自清"是多么地不容易!自己早已退出了官场,本想清静为民,想不到仍摆脱不掉官场的阴影……这一下,郭鸿义不单单是陷入了恐慌和无奈,同时也被懊恼、苦闷、痛惜所包围,吃饭不香,睡眠不足,不久,一病不起,很快就与世长辞了。

闻听郭老板英年早逝,石县长大吃一惊。为表敬意,亲自到郭府吊唁。他悲痛地说家父过几日就要来陈州,原想让两位老朋友叙叙旧情,不想您老却提前走了,实乃悲哉!说着,泪水横流不止。

因为郭鸿义为陈州名流,又是商会会长,所以丧事很隆重。商界大贾,地方长官,远亲近朋,都来吊唁,很是热闹。

郭鸿义去世后，其长子郭增茂接管药号。这郭家大少爷虽然年轻，但对业务并不陌生，将药号生意做得井井有条。只是与郭鸿义不同的是，其性格比较随和，不像他父亲那般耿直，而且会走官路。他说经商不靠官，只能是小打小闹的小家子气。于是，他开始与石县长来往。很可能是同龄人之故，二人很谈得来。由于关系越来越亲密，郭增茂就让石宜金入了药号股份，而且是干股。石宜金欣然接受，每到年底，就有一笔可观的收入。

当然，这些外人皆不知道。

有一天，石县长的老爷子来了，听说独生子与自家仇人的后代成了朋友，很是愤怒，大骂儿子不孝，说让你来报仇，你竟与仇人之子同流合污！石宜金先劝下老爹，然后说道："冤冤相报，何时是了！现在我每年都拿着郭家药号的干股，若把他们整垮了，不等于白白朝外扔银子吗？再说，那郭鸿义已死，这仇就已经烟消云散了！再弄下去，还有什么意思？"石父怒气未消地说："我是想让你把他们整得家破人亡方解我心头之恨！可万万没想到，他竟早早地死了！"石宜金笑道："如果说他是被我略施小计吓死的，你会信吗？"石父一听这话，方悟出儿子的心机比自己高明得多。他呆呆地望着儿子，许久没说出话来。石宜金见父亲呆了，这才说话："你当初为何会栽在郭鸿义手中，就是不谙当官之道！为官者，要先落下好名声，然后再贪大不贪小！收点儿小礼小钱，收益不大，还会坏了自己的名声。贪大的捷径是贪商不贪农，官商勾结，才能捞钱。

捞到钱才能去买更大的官!"

可令石宜金万万没想到的是,此时已有人将他告下了。原来他不只收了郭家药号一家的干股,其他商号也均有股份。有人一串联,便将其告到了省府。尽管石宜金上有保护伞,可这么多陈州大贾联名上告,他们也只能丢卒保车,摘了石宜金的乌纱帽。

当然,这带头串联的人,就是陈州年轻的商务会长郭增茂。

石宜金被押走的那天,不少人来看热闹,更让他想不到的是,那个几年前"死"去的郭鸿义也在其中!此时他才恍然大悟,原来这一切全是这个郭鸿义假装去世后操作的。

郭鸿义对石宜金说:"我们自清的人,并不是没有手段,只是不肯用而已!因为你来势汹汹,我不得不出此下策!"

石宜金长叹一声,说:"领教了!不过,这回你可要真死了!"

郭鸿义一听此言,怔了一下,不料正在他打怔的瞬间,只见他身后一老者以迅雷不及掩耳之势将一把匕首刺进了他的后心!他痛苦地扭脸望了一眼凶手,只见那凶手拽掉假须,笑道:"郭大人,没想到吧!"

郭鸿义这才认清了,原来他竟是当初被他撸下去的石宜金的老爹!

石父大笑着对石宜金说:"怎么样?我就猜他是假死!"然后又对即将咽气的郭鸿义说:"郭大人,我告诉你,你这清官永远难斗过贪官的!我再告诉你,我的长子虽然完了,但他早已为他的弟弟买通了官路,不久就会到一个县任县长了!"

会文山房

清嘉庆末年，名士萧一了在陈州办起了第一个书店，名为"会文山房"。

会文山房开设在城内南大街路西，门面上悬挂着"会文山房"的大字匾额，门前还挂着不少名人学士题的对联，什么"会得有缘人，俱是书家画手；文成无价宝，莫非翰墨图章""会面居然皆大雅，文心自古有雕龙""会其大意颐同解，文有别肠体不拘"等应有尽有。从中不仅看出了它所经营的业务，也可看到常有文人来此聚会。据说这里还时常举行灯谜活动，用以招徕顾客。出谜的人大多是陈州名流，比如弦歌书院的山长，工诗善赋的举人。谜也多是诗谜或联谜，比如"竹席"，谜面为"碎骨粉身，片片相连成一体；鞠躬尽瘁，夜夜伴卧见真情"；比如"竹篮"，谜面为"身无长物，依它打水一场空；居家必备，访亲盛物百般好"；比如"竹筛"，谜面为"精心罗织，细篾也能织天网；睁眼清滤，劣货终究难逃脱"；比如"竹篙"，谜面更为动人："生就叶青青，替自然添真风采；死犹情切切，为他人晒湿衣衫"。诸如此类，不胜枚举。

会文山房的灯谜出了名，不少外地文人也慕名而来，出上一谜或猜上一谜，临走再购几本书作为留念，就慢慢成了陈州时尚。外地游人来到陈州，也要到会文山房试试智力，表现一番，于是会文山房也就成了陈州一文化景观。当然，会文山房内高手云集，谜面文采横溢，谜底也格外难猜。有些高难度的诗谜或联谜，大多是名人所书，本身就是艺术品。会文山房就请裱工裱了，挂起来作为炫耀。如若有人猜到，名人墨宝就归你所有，再由你出一谜请人写，挂起来，作为精神奖赏。

这在当时的陈州，可算是高层次的荣誉了。

道光二年，萧一了仙逝，其长子萧林表接管会文山房。那一年萧掌柜正值而立，虽满腹经纶，却厌恶仕途，且萧林表虽有一手好字，但会文山房里从未悬挂过他的墨宝。

知情人都说，萧林表惜墨如金，想求得他的墨宝是极难的。一般萧林表的鸿爪只留给两种人：一是他服气的人，二是去世的名人。萧林表自恃才高，能使他服气的人是极有数的。给去世的名人主要是送挽联，吊孝过后也就焚烧了，所以萧林表的字虽好，但真正目睹者多是在一些名人的葬礼上。满棚的挽联，只要萧林表的手书一挂出，顿时艺压群芳，使许多人的书法都黯然失色。从某种意义上说，萧林表的书法名声多是从名人葬礼上打响的。

这样一来二去，萧林表的书法就带有某种"丧"气，无论在何种场合见到萧的墨宝，熟悉他的人都会联想到挽联。这当然是怪萧书在灵堂内太光彩照人了！无论人或物，给人的第一印象很厉害。可能是萧之作品在灵堂里给人的第一印象太强烈了，所以使熟悉他的人一生都难以抹掉。说来也怪，萧林表也曾遇到过使他服气的人，也曾送给了人家墨宝，但不久，那人便会死去。这虽然有很大的巧合成分，但巧合多了就像"谎话说一百遍就成真理"一样，再没人敢要萧林表的书法之作了。

事情就这样不以自己的意志为转移。萧林表除去把上好的艺术品送给死人以外，送给活着的人却没人敢要了。

活着的人只盼死后能捞到萧林表的一副挽联，把自己的葬礼抬高规格，在人格上也算被盖棺论定了。

这就是萧林表在人们心目中的位置。

当然，这些议论和忌讳萧林表是不知道的，因为他的字压根儿不送平庸之人，也就没有送人不要的尴尬。他自己更悟不出这些，因为人认识自己的缺点是很难的——更何况这又不是什么缺点。这只是他做事的原则，或者说是自己对自己的尊重，也叫艺格。因为萧林表很看不起有些书家或丹青妙手拿着作品朝官府或有钱人家跑来跑去。他说这些所谓的"名人"死后是甭想得到他的挽联的。

人清高到如此地步，也就算可以了。

然而得罪了这帮文人，萧林表算是走进了死胡同，首先把他"流言"成一个丧门星，接下来，外地游客来到陈州，再没人介绍会文山房。一个景点名气再大，经不住本地人糟蹋，先说没啥看，后说早已衰败不堪，一句话，就是不朝那儿领，你算没辙！

就这样，会文山房一天比一天冷清，不久，竟无人光顾了。书房卖不出书，就断了财源，只好倒闭了。

人没有了钱，精神就会受到挫伤，清高也会掉价。为了全家人的生计，萧林表不得不放下架子，写一批书法精作，卖字度日，换些银钿。

可萧林表做梦也未想到，作品挂出半月有余，竟无人问津！

这下萧林表的自尊心大受伤害，极高的期望值和冷酷的现实形成了极大的反差，萧林表像从巅峰坠入万丈深渊，精神一下垮了！高傲的人一般度量皆小，顶不住气，萧林表就卧床不起了。他越想越觉得没脸见人，越想心事越重。沉重的心事加重了病情，一年后，年仅三十八岁的一代书家就这样含恨离开了人世。

为了埋葬萧林表，家人只好削价处理他的遗墨。陈州西关有一个不怕死的公子哥买下了萧林表的全部遗墨，又怕给家人带来晦气，当即就带到京城荣宝斋做了处理。也算发了一笔小财。

荣宝斋的人说，若这批字画换成名人的，全是无价之宝。

只可惜，如此精品又不得不因作者无名而降价，这是毫无办法的事。这都怪书者生前不会"炒"自己呀！

后来这话传到陈州，那帮人仍不饶恕萧林表，说，谁说萧林表不会"炒"自己？只不过他炒反了，把名声炒到阴间去了！

吕氏修表店

清朝光绪年间,陈州就有了钟表修理铺。到了民国十几年的时候,已发展了好几家修表铺了。那时候,国产表极少,多修理国外进口表和钟表,有日本工字表、德国皮套钟、英国的大八件、老红毛怀表及国产的叉平钟等。这么多家修表师傅,最有名的是吕希贤。

吕氏修表店在城南关仁德街处,两间门面,铺达子门。早晨下门,写着"东一东二"的放东边,"西一西二"的放西边。全下了,店内就一览无余。后墙上挂着各种各样的钟,大多是修理好的,都走着,一片"嘀答"声。柜台不算太高,走在大街上就可看到吕师傅在工作。柜台前面是玻璃,可以看见内里摆放的物什,一排一排的,有铁盒有木盒也有纸盒。盒子有深有浅,里面放着各种零件儿和手表链、怀表链、闹钟罩什么的。吕师傅坐在柜台里边,头剃得贼亮,一只眼睛上"挤"着放大镜,远看像独眼龙,给人很凶的感觉。其实吕师傅人很好,只是说话有点冲。高兴的时候，吕师傅常用修理好的唱机放京戏。吕师傅一放唱片，铺子前就会围不少人。如果用户在这个时候来取唱机，吕师傅就不高兴了，沉着脸说："还有点儿小毛病，过两天再来！"用户听了并不敢多说，只是满脸谦恭，点头哈腰地朝后退，并连连地说："那您就多费心，多费心！"

这是没办法的事儿！因为那时候一个陈州城就他一个人会修理那玩意儿，独门生意是爷，门头虽不高，但万万得罪不得。

其实，像唱片机这种西洋货一般人家那时候还玩不起，陈州城里除了几家大户和政府机关，拥有唱片机最多的是教堂。陈州教堂在西门里，神甫姓金，是位英籍华人。这位神甫也爱听京戏，加上教堂里很需要放赞美诗和音乐，所以一下买了三台唱机。虽然是三台唱机，但由于用得多，所以爱出毛病。平均下来，几乎经常有一台唱机留在吕氏修表店内。吕师傅也知道教堂里有三台唱片机，修好了也不让取，一直要等到再送来一台坏的。教堂不同别处，有人举行婚礼或葬礼都离不开音乐，而且音乐不能中断，所以每举行仪式时，神甫总要让人准备两台唱机。一台出了毛病，另一台早已上满了发条，随时可以放音乐。由于机子业已老化，神甫老担心两台唱机一齐出毛病，所以总想再备用一台，不打无准备之仗。只是唱机一送到吕氏修表店不"新陈代谢"就很难取出，为此金神甫费了不少心思。他有心再买一台新的，怎奈陈州连年灾荒，江南江北战火频频，教徒们的捐金越来越少，大有入不敷出之势，谈何容易？万般时的陈州是专署所在地，距开封不算太远，而且成衣店很少，只有两家，全是本地人开店，手工制作，规模极小，所做的衣服样式也比较陈旧。单全福与父亲到陈州后，观察后觉得那老乡说得没错，便在西关街头租下一间门面房，又买了一条高凳，一块案子，随便起了个"兴隆成衣铺"的名字，请人写了招牌，便开始接活了：来料加工，自裁自做，成了陈州城最早有缝纫机的成衣铺。一般情况下，他们都是白天接活，晚上裁剪、缝制。所制的衣服样式新颖，吸引了不少顾客。原本是随意用了"兴隆"二字，不料生意果真渐渐兴隆起来。几年后，单全福又在城里大十字街的最繁华处租了几间门面房，收了两个学徒，雇了几个伙计，生意日渐扩大。两年后，门面扩充至六间，又雇了几名伙计，就成了陈州城里有名的成衣店。

由于单全福懂经营，会管理，所以生意做得井井有条。又因为他手艺好，活做得仔细，敢于创新，顾客都很信任他。城里的不少大户人家，多是请他到府上做活。天长日久，兴隆成衣店在成衣的造型设计、量体裁制方面就形成了自己的工艺特色。为了保证承做的成衣高质量，他们派有经验的师傅做活，按顾客的形体特征、衣料性能做出样式正确、优美的成衣，在缝制过程中，需要传统手工操作的必不能省，质量符合要求后，才能交给顾客。

单全福成为老板后仍坚持亲自操作。他做活从不墨守成规，而是随着社会潮流不断更新衣服样式。另外他还极善于学习，常去武汉、南京等地观察学习。民国十几年的时候，陈州居民都习惯穿着中式便装，男人穿长衫、短衫、长裤马褂，女人穿大裤衣衫、旗袍等，像中式长短衫的袖子和前胸相接处，人穿着总是褶皱较多，很不美观。单老板和店中师傅反复研究试做，采用肩上开缝、腋下挖除之法，结果穿起来褶皱没有了，而且抬胳膊不再拽大襟，受到顾客的一致好评。

从汉口来到陈州，像是一转眼工夫，单全福就年至而立了。由于三十岁的年轻老板还未婚配，前来说媒提亲的人不少。可单全福皆推说自己事业还没成，均婉言谢绝了。

单全福的事业是一心想办成个成衣加工厂。

但人人皆知，若想办工厂，第一需要的就是资金。而钱在任何时候都不是那么容易弄到手的。当然，要想赚大钱，最好是能与官方搭上手。当时成衣的需求量最大的客户是吴佩甫的军队和省警察厅。这两个大户只要能拉住一个，就会弄到雄厚的资金，只要有钱，就可以买地建厂扩大生产。只可惜，这两个财路都距陈州较远，而且全是高门槛，单全福一个做成衣的小铺老板，怎能揽得这种活？连单师傅自己都嘲笑自己是异想天开。

不想这时候，有人告诉他说，城北白家与省警察厅赵厅长有亲戚。就是说，赵厅长是白府的乘龙快婿，如果能通过白家攀上赵厅长，说不定异想就可以"天开"。

单全福一听这话，双目禁不住一亮。

单师傅觉得有戏，因为他认识白府的三小姐白如霜。白如霜在汴京城里读师范，每年放假回来，总要请单师傅到府上做衣服。她说单师傅做出的衣服赶时髦，到北平和南京都不掉份儿。有一年单师傅为白小姐做了一套白色西服，由于衣料考究，样式新颖，曾使白小姐在学校里出尽了风头。

单全福就决定去汴京找一找白小姐，求她在赵厅长面前为自己说句话，揽下全省的警察制服。

当然，单全福完全是抱着试一试的心情去开封的，其中包含了很大的侥幸成分。不想到开封一找到白如霜，白小姐竟满口答应帮他的忙。单全福大喜过望，心想开端如此顺利，说不定姐夫真会给小姨子一个面子，于是，便备了一份厚礼，随白如霜一同去了赵府。

赵厅长的府第在首府前街，一个四合院落，门外有岗哨。因为有白如霜引见，赵厅长便破例接见了单全福。一开始，单全福见到赵厅长很有些紧张，后来一想，能见到如此高官不容易，不如该说啥说啥。如此一定心，便放松了不少，一口气将自己的想法说了个痛快。赵厅长一听说单师傅要包制警服，禁不住打怔，直直盯了单全福好一时才怔然过来，最后很含蓄地笑了笑，没吭声，只觉得面前的这个小裁缝很可能是精神不正常。不想单全福一见厅长光笑不语，还觉得厅长大人挺和蔼，又趁机补充说："厅长大人，我包揽制服，绝不是我一个人，是我和你，就是说，明里是我，暗中有你，算是咱们两个合伙做生意！"赵厅长一听单全福并不是头脑发热，还算懂些事理，又笑了笑。单全福又见厅长的笑容灿烂不少，忙又说："只要这头笔生意做成，我就筹建服装厂，还是咱们两个人的！"赵厅长这时已觉得单全福有点儿可爱，望了他一眼，说："你是明白人，一切不用别人去点化，既然你把话说到这一步，我也直言相告，赵某人不需要空头支票，你明白不？"

单全福想了想，摇了摇头。赵厅长笑了笑，说："我看你是装着明白耍糊涂，真不愧是号称九头鸟的湖北佬！这样吧，今天是小霜领你来的，我也不把你当外人，咱就实话实说，你刚才所说的那些办法好是好，只是让我感到太遥远！尤其是你的那个办厂计划，要我等到驴年马月！我是吃官饭的人，权在手时人人敬，一旦权丢就没人理了！我告诉你，明年警察要换装，光前来揽这活计的人早已排成了队。他们个个根子都比你粗，手中资金比你雄厚。你说，假如你在我这个位子上，咋办？小伙子，听我一句劝，把心放小一点儿，大有大的难处，你就安心凭一技之长吃饭，平安！"赵厅长说完，扭头对用人说："送客！"

单全福理想破灭得如此之快，简直就像做了一场噩梦，让他垂头又丧气，似失了魂似的。在旅馆里蒙头盖脑睡了一天一夜，最后仔细想了想赵厅长的那番话，觉得有些道理，精神这才恢复了不少。第三天回到陈州，再不提办成衣厂的事情。但通过这次省城之行，也算见了世面，为感谢白小姐和赵厅长，他特意为他们制作了两套西装，让白小姐转交给赵厅长。事情也像是该有转机，当白小姐身着单师傅制作的西服去给她的姐丈赵厅长送西服时，恰巧在厅长府上碰到了省主席的大公子。当时河南的省府主席姓张，张主席的大公子叫张寿长。张大公子刚从欧洲留学归来，与新潮的白小姐一见钟情。再看单全福送给赵厅长的那套西服，比他从欧洲带回的名牌还顺眼，就十二分的惊讶，赞不绝口。由于上次白小姐带单全福来找姐夫没办成事，心中很有些不服气，觉得丢了面子。于是，白小姐就借机向张大公子推荐单全福，然后又说了单全福想办一个服装厂的事情。张寿长在欧洲就是学工的，一听这话，十分感兴趣，当下就表示由他出资办厂。

因为有钱又有权，厂子很快就办了起来。张大公子特聘单全福来厂里当师傅。为满足单师傅的办厂理想，张寿长特意将厂名定为"兴隆服装厂"。从此以后，全省的军服、警服、邮服什么的全由兴隆服装厂包揽，除此之外，还制作民服，生意兴隆无比。钱如流水般淌进省主席家。而单全福在厂里一直担当师傅，直到抗日战争爆发，他才回到湖北老家。

只可惜那时候，他已背驼眼花，做不成衣服了。

穆斯林饭庄

陈州为回民聚集地，西关、北关、南关皆有清真寺。由于回民多，回民饭店也多，最负盛名的，就是南十字街的穆斯林饭庄。

穆斯林饭庄经营的菜点以烩菜、扒菜为主，清爽可口，久食不腻。它制作的全羊席有一百二十八道菜，系选用两只羊和三四副羊下水烹制而成。上自羊头，下至羊蹄、羊尾，无不成菜，故称全羊席。单是羊头，即可做十几种名菜，如羊脑，可做成烧羊脑、烩羊脑等，此菜营养丰富，对人脑大有补益；羊耳，煮熟切成丝后，配以笋丝、蘑菇丝等烩制，名唤"千里眼风"，吃起来清淡、脆嫩、爽口；羊眼加配料，可做成"羊眼口蘑"，别具风味；至于以羊舌为原料烹制成的扒口白、烩口白，更是软嫩清香，多吃不腻。用羊蹄和羊尾为主料，可制成烧羊蹄、扒羊蹄、水晶羊蹄、烩羊尾等诸多菜肴，用以佐酒，妙不可言。用羊的肾亦可制菜，将生羊肾改刀成腰花，下锅爆炸，名唤"千斤坠"，此菜鲜香脆嫩，口味清淡，肾片软嫩鲜美，二菜均有补肾之功效……所以，穆斯林饭庄不但回民喜欢，汉民也常来光顾。尤其是高级官员，更是常客。每逢县上来了要员，必吃全羊席。

穆斯林饭庄的老板姓方，叫方殿三。方殿三原在京城当厨师，回来后创建穆斯林饭庄。他的看家戏除去全羊席外，还有一道汤，可谓久誉古城，闻名遐迩。此汤为"羊汤花卷"，是夏季应时品种，其特色是所用原料除羊下水的肝、肠、肚、肺外，还有羊脑、羊尾等原料。将上述原料放入纯用羊肉、羊骨吊成的鲜汤中烧开，再放入精盐、味精、胡椒粉、香菜末，调好口味，出勺即成。此汤咸鲜辛香，肥而不腻，食后回味无穷，堪称羊汤之最。品食者虽盛暑食热汤，挥汗不止，仍喜食不辍。此汤能闻名遐迩除去它本身的奇特外，主要还因为袁世凯年轻时爱喝此汤，随着袁公的青云直上，"羊汤花卷"也开始日益增辉。

袁世凯有个心口疼的旧病，畏寒，所以最爱吃狗肉和羊肉。当时袁寨归陈州府辖，袁世凯又是陈州于家的乘龙快婿，所以常来穆斯林饭庄。开初，他爱吃方殿三做的清蒸羊肉，后来一喝羊汤花卷，觉得口味醇正，解馋助食，久食不腻，便上了瘾。

那时候袁世凯正处人生低谷的阶段，久试不第，又厌恶科举，连岳父大人都瞧不起他。但不知什么原因，穆斯林饭庄的老板方殿三很喜欢他。平常袁世凯来饭庄吃饭，有钱没钱都可以记账。因为这方殿三不但有烹调绝技，也略懂周易，他观袁世凯五短身材，两手过膝，面相奇特又聪明过人，便有意无意地与他接触。从谈话中，方老板听得出袁世凯并不是一般的纨绔子弟，对事情见解有其独到之处，便与他结成了朋友。

后来，袁世凯果真成了气候，小站练兵之后，又当上了总理大臣，驻防天津卫。方殿三觉得自己交的朋友很争气，就禁不住高兴，逢人便说袁世凯当初背时来饭庄喝羊汤的故事。最后有能人给他出主意说，既然袁大人当年常光顾你的小店，你为何不去天津卫求他给你题块匾额，不更能招徕顾客吗？方殿三一听觉得这主意好，连连拍着脑袋说："你看，我怎忘了这茬儿了呢！"第二天，他安排了一下店内生意，雇车去了天津卫。

袁世凯是个不忘旧情的人，尤其家乡观念重，听说老朋友方殿三来了，亲自迎到门外，并将方殿三安排到天津卫官方驿站，先设宴接风，然后又派人带方殿三到外兜风看景儿。方殿三见老朋友不忘旧情，也很高兴，对袁世凯说："老袁呀，我算没看错人。"袁世凯笑道："多年不喝老兄的羊汤了，不知味道变了没有？"方殿三说："没变，一点儿没变！真盼着你回乡再喝几回，我要亲自给你掌厨。"说完，方殿三突然想起自己的目的，借机说道："我这次来天津卫，就是想借你的威名给小店题块匾额，壮壮门风。"袁世凯听后高兴万分，当即让人端来笔墨纸砚，挥笔写了"陈州穆斯林饭店"几个大字，交给了方殿三。

方殿三得了袁世凯题字，如获至宝，第二天就拜别袁世凯回了河南。到了开封，特寻到一家有名的招牌店，要人家制了一块大招牌，将袁世凯的题字镶在了里边。回到陈州，请来了鼓乐队，又敲又吹又放炮，将匾挂了上去。

不料匾额挂上之后，生意并不见得出奇的红火。更令人想不到的是，袁世凯后来当了大总统后，穆斯林饭庄的生意却日益清淡了。方殿三百思不得其解，请教一位智者说："当初人人皆知袁公来此喝羊汤，所以敝店借其威名生意日见红火，而今讨得他的墨宝悬挂店门，为何生意不如从前了呢？"那智者听后半天没响，许久才说："当初袁世凯的官越做越大，人们都想去贵店沾点儿福气。现在他名声越来越臭，众人自然要避嫌了！"

方殿三觉得有些道理，赶巧几日后袁世凯在一片声讨声中下了台，方殿三就借此机会请了唢呐班，敲锣打鼓放鞭炮，取下袁氏题写的匾额，当众砸了个稀巴烂。

方殿三认为这回生意会再次火起来，不料更是大不如前了。方殿三又去请教那个智者，那智者冷笑道："袁世凯再坏，但他毕竟是你的朋友，他现在已在难处，你却落井下石砸了他的题匾，中国人有可怜弱者的美德，你正好犯了大忌！"

方殿三这才悟出自己的不是，羞愧难当。

再后来，他的儿子继承父业，将饭庄迁至周家口，一直办到因战乱而倒闭。

味馥番菜馆

番菜馆即西餐馆的旧称。

旧社会，国人故步自封，把国外称为番地，把国外菜一律称为番菜。"味馥番菜馆"是汴京城一家有名气的西餐馆，由罗龙岩开办。罗龙岩是陈州人，出生于清光绪十六年。少年时，他在上海租界一家德国人经营的德明饭店西厨房学徒，学得能帮铁灶的全套技术，会做各种西菜，足够称得上是"headcook"（总厨）。出师不久，被推荐到上海美孚洋行当厨师，为洋行的外籍职员做西餐。民国初年，被调到开封美孚洋行继续当西厨师。一九二三年，罗龙岩离开美孚，租用省府街一幢楼房，正式经营味馥番菜馆。

味馥番菜馆开业后，罗龙岩不仅仅是番菜馆的老板，而且还是番菜馆的主要厨师。当年，味馥番菜馆从不向外聘任厨师，所用厨工都是罗龙岩的徒弟。

二十世纪三十年代，罗龙岩做出的各色西菜，常受到外籍人员的赞许。那时候开封是河南总督府所在地,也就是现在所说的省会。那时候的开封还"年轻",不但有外国领事馆,各洋行外籍人员,还有各教堂、教会学校和医院的神职教职洋员。他们对味馥番菜格外青睐,频频光顾。更有不少达官贵人和崇洋媚外的"假洋鬼子"常来西餐馆摆阔气。所以,味馥番菜馆的生意颇是兴隆。

不想这时候,却发生了一件意想不到的事儿。

事情发生在罗龙岩的儿子身上。因为罗龙岩一直与洋人打交道,给儿子起名也很西化,叫罗特。罗特从小就在洋人堆里混,不但学会了一口流利的英文,也学会了不少外国人的生活习俗。十八岁那年,他考入南京国立大学外语系,暑假回开封度假期间,竟与美孚洋行经理的太太发生了桃色事件。

开封美孚洋行的经理叫卡·罗特,太太叫斯妮,比卡·罗特小三十岁,比罗特大五岁。年轻的斯妮常来味馥番菜馆喝酒解闷,那时候罗特闲着没事儿,看斯妮满腹忧愁,一杯接一杯地朝肚里灌威斯忌,就起了恻隐之心,常陪着她闲聊。一来二去,二人就有了共同语言。有一天卡·罗特去上海总行开会,罗特被邀请到了斯妮的卧房。

从此,二人便勾搭成奸。

这种偷情若发生在两个中国人身上,很可能会保密一生,不会被人发现。而斯妮是很开放美国人,对传统啊贞节啊什么的不太讲究,叫作不爱则已,一爱就烈。而西化了的中国罗特正属八九点钟的太阳,二人一触即发,就燃起了熊熊的偷情火焰。

由于二人都不太注意保密工作,很快就被人看透,成了公开的秘密。先得到消息的是罗龙岩,他很气愤地打了儿子两个耳光,认为是斯妮勾引了自己的儿子,让一株很鲜活的马齿菜喂了老母猪。但气归气,罗龙岩深知洋人惹不起,又加上他觉得男女偷情是男方赚了便宜,女方吃了亏。这种传统的思维逻辑逼得罗龙岩忍声叹气,大骂儿子不争气,第二天就派人把罗特送回了南京。

事情弄到这一步,本该告一段落,经过时间推移,慢慢就了结了。不想那罗特偷吃禁果之后,再也耐不住寂寞了,一有机会,就偷偷从南京回来与斯妮约会。不想终于有一天被卡·罗特捉奸捉了双。

其实,对小罗特与斯妮偷情的事卡·罗特久有察觉。他原想自己身体有病,妻子偶尔不规矩也就算了,再加上那个中国小罗特已去南京上学,事情已经了结了。不想那小罗特竟如此迷恋女色,肆无忌惮,按中国话说,那就是欺人太甚了!

卡·罗特派人叫来罗龙岩,说是他的儿子大大伤害了他的感情和毁坏了他的名誉,问罗龙岩是公了还是私了。望着不争气的儿子,罗龙岩无话可说,最后只得同意私了。

私了的办法很简单,就是让罗龙岩宴请在开封所有的外国人员来味馥番菜馆吃一顿。宴会中间,由罗龙岩父子公开向卡·罗特赔礼道歉,并让罗特向卡·罗特发誓,永不再见他的太太斯妮。一切都办过之后,罗龙岩再次派人将儿子送回南京,并让派去的人同住南京,监督罗特好好读书,三年内不得回汴京。

可是,罗特到南京不久,就被人暗杀了。派去监督罗特的人向罗龙岩汇报说,那一天少爷从学校回寓所,走到楼下时,便被人开枪打死了。

罗龙岩吃惊万分,急忙亲赴南京雇侦探查明凶手。侦探很快查明是美孚洋行驻开封分行行长卡·罗特雇杀手干的,只是杀手已经去了美利坚,抓不到凶手就抓不到证据……罗龙岩怒火万丈,急急赶回开封斥问卡·罗特说:"我儿子已经认错,并当众发了誓,你为什么还要杀他?"卡·罗特双手一摊,耸了耸肩说:"我是为了帮助他实行诺言,这不,他们将永远也不会再见了!"罗龙岩一见卡·罗特耍无赖,更是气愤,让人写了状子,请了律师,告到地方法院,地方法院以案件发生在南京为由,不敢受理。万般无奈,罗龙岩又托人找门子一直告到南京最高法院。因为是涉外案件,最高法院极其慎重,先派人调查,又派人取证。由于没有足够的证据,官司再次搁浅……罗龙岩不服气,又一状告到上海租界……如此折腾了几年,罗龙岩花尽了多年积蓄,也没问出个所以然。

罗龙岩没有了资金,味馥番菜馆只得关门停业。再后来,老态龙钟的罗龙岩在开封无法生存,只好带着一家老小回原籍陈州去了。

汇鑫西服店

一九一九年,在开封鼓楼街中段路南,有一家专做西服的汇鑫西服店。店主姓权,名在礼,浙江宁波人,在当地是小有名气的巧裁缝。开初,他先在开封立了店铺取名"鑫益",后来看到西方服饰开始流入内地,他便一连开了几个分店,陈州的汇鑫就是其中的一个。

经营陈州汇鑫西服店的老板也姓权,叫权营良,据说是权在礼的远房侄子。权营良是个标准的南方男人,个子不高,精瘦,但很巧,嘴巴甜,极善经营,在陈州开店不到几年,就誉满全城,生意红火得没法说。

权营良做生意,很重视塑造汇鑫牌匾字号的声誉,注重服务周到,保证质量。制作出的呢绒西服,素以选料讲究、工艺精湛、造型美观而闻名。经他承制的西服,很适应穿者身体的特征,领头窝服,胸部丰满,袖笼前圆后登,腰围肋势自然,止口顺直而窝,下摆圆顺,穿着舒适、大方。权营良在门市接活时，很注意收集行情，广交朋友，与陈州专署、县府的官员们是老相识。当时前来做西服的多是政府官员、医院大夫和演艺界的名角。这些人历来都是每个地方引领服装潮流的角色。由他们带头，汇鑫西服店更是名声大增，后来连县公安局的警装、邮政局的制服也都吸收西服样式，汇鑫的生意越做越红火。

当时汇鑫西服店租的是一家姓胡的门面房，主人叫胡泊三。胡家原为世家，家道中落后只剩下几所临街房，到了胡泊三这一代，几乎是全靠租金过日子了。胡泊三虽然落泊，但虚荣心极强，平常很注意仪表。据传他家门后常吊一块生腊油，每天出门都要在嘴唇上抹一抹，让人能看到他满嘴流油的样子，以示日子过得很"富贵"。

为注重仪表，胡泊三很希望自己也有一套西服，但制一套西服的价格在当时还是很昂贵的，仅凭自家那点儿微薄的租金是穿不起的。再说，穿西服还需要配套，要有挺拔的衬衣，漂亮的领带，贼亮的皮鞋。这套行头细算起来几乎比制一套西服还费银钿。为此，胡泊三就十分眼气那些能穿起西服的人。为能过过穿西服的瘾，他就常来西服店里坐坐，有时还要试一试别人做好还没取走的西服，在店里走几遭儿。但又怕别人笑他，就故意贬低西服，说穿西服不如穿国式大衫随便，人生一世，不能让衣服管着人，衣服是为人服务的。你看那些穿西装的先生，不敢弯腰，不敢圪蹴，很难受哩！权老板以为他说的全是真心话，就反驳他说穿西服能使人身体挺拔，不像中式服装，显不出人的体形。并说其实你胡先生很适合穿西服，因为你身材修长，双腿绷直，不罗圈不外八字，怎不制一套？胡泊三当然不会说因没钱制不起，仍坚持说西服不好，穿上洋鬼子似的，有反祖宗之嫌。

如此这般，权师傅就信以为真，做起衣服来也不避他。胡泊三呢，由于心底里太想穿西服，就特别留意权师傅制作西服的过程，从剪裁到缝制，从垫肩到熨烫，一点儿也不放过。原来他只是好奇，不料"无心插柳柳成行"，胡泊三竟在不知不觉的下意识里掌握了制作西服的全部技术。有一天，他的一位旧友来做西服，赶巧权师傅不在，他就开玩笑地对那朋友说："权师傅不在，我来先帮你量量尺寸。"因为是朋友，又以为他是闹着玩儿，那人就让他量。他边量边记下数字，等权师傅回来再量，二人所量的尺寸竟分毫不差。这一下，不但权师傅和那人惊讶，连胡泊三自己也惊讶了。那朋友开玩笑说："胡兄，我看你也可开家西服店了！"说者无意，听者有心，胡泊三回到家中，半宿没睡，第二天便买回一些便宜布料，一连剪了几个样式，觉得很顺手，而且还有一种胸有成竹的感觉。胡泊三这才悟出自己已经于无意中"偷"到了权师傅的手艺。

胡泊三很认真地思考了几天，最后决定放下架子，开一家西服店。

但是，陈州城已有了汇鑫西服店，而且租的是自家的房子，合同不到期，怎么办？再说，陈州毕竟只是座小城，西服还未完全兴开,有一家西服店就足够了,如果自己另开,肯定抗不过汇鑫。如果自己撕毁合同,撵权老板走,人家肯定会另寻门面,到时候,怕是生意不成连租户也丢了,岂不得不偿失让人笑掉牙!胡泊三思来想去,觉得只有将权氏西服店彻底赶出陈州,然后自己再开门营业为上策。可是如何才能将汇鑫赶出陈州呢?

胡泊三又想了几天,最后终于想出了一条妙计。为实现自己的妙计,他先卖掉一间临街门面房,然后去汴京城买回一台洋机子,接着又买了一批布,偷偷制作了几十套警服。警服制好后,等到天大黑,他到北关一座古庙里寻到了一群乞丐,把警服发给他们,并学着权营良的声音对乞丐们说:"我是汇鑫西服店的权老板,因我在神面前许过愿,所以今日特来送给各位一人一套衣服。若有人问起,你们千万别说是我权老板送的!这是神的旨意。事成之后,我还会送来赏钱。"乞丐们正冷,见如此这般就可以得到一身新衣服和赏钱,都很高兴。第二天,他们全都焕然一新,排着队到大街头上行乞。乞丐身穿警服讨要,成为当天的重要新闻。消息很快传到公安局,局长大为光火,当下派人抓来那群乞丐,一问方知是汇鑫西服店权老板所为。一个外地生意人,竟敢如此污辱执法人员,这还了得!局长怒火万丈,一声令下,就将权营良抓到了局子里。权老板大呼冤枉,怎奈整个陈州城就他一家西服店,公安局的警服也是他承制的,胡泊三给乞丐们送衣服时模仿的又是他的声音,乞丐们为脱掉干系，都一口咬定就是这个权老板送的衣服。这一下，权老板算是浑身是嘴也说不清，只好自认倒霉，被公安局罚了一千大洋后，又被勒令三日之内离开陈州城。一个做衣服的外地裁缝，怎敢违抗命令，当下回到店里，请来胡泊三，哭着诉说了自己的遭遇，然后又多交了一个月的租金，就退房回原籍去了。

权老板走后，胡泊三并不急于开张，等事情消停之后，才挂牌开张。为招徕生意，他仍用汇鑫二字。虽然出了那段奇闻，但真正知内情的人还是甚少。人们只知道有一群乞丐身穿警服在大街上讨要，并不知衣服是从何而来。所以，人们仍来汇鑫做西服。胡泊三是个聪明人，只说自己是权老板的徒弟。他平常穿戴很讲究，这"讲究"二字里就包含着艺术和品位，又加上他手上的功夫并不比那权师傅的差，有不少地方甚至超过了权师傅，所以，很快就打开了局面。

只是，胡泊三总觉得对不住权营良，有一年，就专程去了一趟宁波探望权师傅。他很老实地向权师傅坦白了一切，然后拿出一千块大洋交给了权师傅。权师傅笑道："其实，我早知道这一切都是你所为，只是当时拿不出证据，只好吃了个哑巴亏。没想你先小人后君子，又看我来了。"

从此，二人竟成了朋友。

恒源堂药店

恒源堂药店建于明正德三年（一五〇八年），由陕西朝邑赵拴固的前辈开创。由于赵家懂经营，善管理，发展很快，到明末清初年间，员工已达四十多人，资金四五十万银，经营川、广、云、贵各地药材五百余种，在方圆百里久负盛名。一六三七年，闯王李自成的义军在周家口一带活动，攻城袭寨，人心惶惶。恒源药店存放着许多铜钱，因怕人抢去，便在店内筑炉毁币化铜，铸成了重达数百公斤的大铜块，上刻"镇店之宝"四个大字，敬在后堂之内，代代相传。

恒源堂批零兼营，以批发为主，著名的药材集散地禹州、亳州、归德、安国等皆有常驻采购人员，并经常派人到汴京、界首、周家口、通许、尉氏等地推销药材，形成一个庞大的信息网络，店前常常门庭若市，人来人往，生意极其兴隆。

药店零售门市的药材加工，均是遵古炮制。所出售药物严格按照处方上分量各包发药，即每味一包，以备医生或患者按方检查。制造中成药，利润丰厚，恒源堂自然不会放过，店内膏丹丸散一应俱全。所制中成药不但在本店出售，而且还向各地批发。制药作坊在药店后庭院，仓库是筒子房，挨墙壁是药柜，三层，易放易取。临街是一座天井楼，陈州人称其为转楼，三十五间。转楼上空布有蒙天网，以防盗贼。楼上干燥，用于贮藏炮制的各种中草药，不易霉变；楼下是营业门市，宽柜台，高药橱。缺少什么药材，到楼上去取，从楼板的活动天窗口卸下去，恰到药橱之前，不仅方便，也节省了劳力。据传当年胡雪岩在杭州筹建胡庆余堂时，就曾派人来陈州参观恒源堂，吸取了转楼不少精华。

民国年间，赵氏恒源堂药店的老板是赵拴固的第九代孙，名汇鑫。赵汇鑫先读私塾，后又到汴京读洋学。接任老板时，已年过而立。令人不解的是，这个赵汇鑫虽然读过洋书，对西方经营方式很崇拜，却信奉道教。当老板以后，他就去武当山朝拜。回到陈州后，他开始蓄发留须，一心要打扮成仙风道骨的样子。在武当山时，见一老道年过七旬，身板硬朗，面如壮年，便向他讨教壮身之秘诀。那老道得知他是陈州恒源堂的少老板，便送给他了一个延年益寿的药方。赵汇鑫从武当回来后就让员工们将药配齐，然后按照老道之吩咐用酒浸泡七日。他不但自己每日餐前三杯，还特聘请了几位年过七旬的老翁按方饮用。一年过后，不但自己深感精力充沛，那几位老者也有了鹤发童颜的迹象，其中一位的白发已变成了黑发。这一下，赵汇鑫如获至宝,就投资办了一个酒坊,专制药酒。为适应饮者,度数有高有低,外包装也分富贵型、大众型两种。药酒一上市,就很受青睐。

恒源堂的资金也就愈加雄厚,赵家很快成了周围几个县的首富。

因为恒源堂药店的少老板信道教,所以,就常有外地道人来这里。赵汇鑫对前来的道人很客气,管吃管住,临走时还要送几个盘缠。

这一年,当初送给他药方的那个武当山老道专程来到了陈州城。这老道到陈州之后,并不先去恒源堂,而是在离恒源堂不远的一个客栈住下,几多日之后,才去拜访赵老板。赵汇鑫差点儿没认出那老道来,等认出之后,更加热情,急忙将那老道让到了后堂。

老道那时候已年过八旬,银须抖抖,鹤发童颜,双目如炬,很是精神。他望了一眼发福的赵汇鑫,笑道:"赵老板不必客气,贫道是个爽快人,实言讲,我已来陈州多日。我来不为别个,是为索回那药方的股份。"赵汇鑫一听怔了。他身为商人,又上过洋学,受西方经济管理的影响很重,自然知道股份是怎么一回事。但明白归明白,可这老道又没给自己投入什么股份,他要什么股金,于是,他就很惊讶,问老道说:"什么股份?"那老道笑了,从怀中取出一张纸来,让赵汇鑫过目,并说:"当初给你药方时,曾让你看过这两句话,还让你签了字,不信你看！"赵汇鑫接过那纸一看，上写：

药方当归股，

十钱分三七。

字是老道的笔迹，但签名果真是自己的亲笔。赵汇鑫一想，是有这么回事儿，当初老道给他药方时，曾要他在这张纸上签个字，当时只认为是老道为留下药方的去处，自己不假思索就签了名。现在一看，麻烦也真来了。赵汇鑫此时才悟出老道的大智慧大聪明，他潜心研制出的药方儿，并不是白送人，而是时时刻刻在香客中寻找有经济头脑的人，而且用药名将股份掩蔽，又用药方常用的计量"钱"暗转为分成的数字。这里"当归"的"当"字已变了含义，成为了"应当"，十钱三七，自然是三七分红。若按三七分账，老道这一次就要拿走很大一个数字。赵汇鑫越想越吃惊，仿佛有种上当受骗的感觉。他对那老道说："大师，您少安毋躁，事情好商量。你老先住下再说！"老道又笑了笑，对赵汇鑫说："赵老板，你也不必惊慌，贫道是个出家人，而且已年过八旬，不需要什么钱财。不过话说回来，钱多对谁都不是坏事！比如你，这几年一跃成为陈州首富，不但当上了商会会长，还当上了省参议员，靠的就是财富。现在看来，你信道教是假，借信道之机挖取道教养身之道是真。论说，这也没什么错，但吃水不可忘掘井人。这些年，你靠贫道的那个药方赚了多少钱你自己心中有数，我也不会去查你的账。你我最好的办法，是一口清！"

赵汇鑫想，一口清是多少？是十万？二十万？或是一百万？

赵汇鑫出了一身冷汗。

他一夜未睡，最后决定除掉老道，寻回那张有自己签名的"隐形合同"。

主意已定，他便让心腹雇了杀手，去老道住的客栈杀人灭口。不料杀手到客栈一打听，店主说那老道昨晚上就走了。

第三天，老道又出现在赵汇鑫面前，笑着对赵汇鑫说："赵老板，我此次来只是想试一下你的良心，可你没经住考验，果真派杀手去客栈灭口！看来，我要与你打官司了！"

赵汇鑫一听老道要与自己打官司，颇感惊慌。因为一打官司，不但有损赵家恒源堂的名誉，还会惹来许多不必要的麻烦，更需花一大笔钱财，还不如与老道"一口清"，便说："你前天说一口清，那你就说个数吧！"

老道说："本来我只打算让你花十万为武当山几尊神像镀镀金，可惜你心黑又杀人灭口，那就涨十倍，你给一百万吧！"

赵汇鑫一听老道狮子大张口，禁不住倒吸了一口凉气，说："能不能让一让？"

老道说："一分不让！"

赵汇鑫冷笑一声，说："那大师你就别怪我不客气了！"言毕，一拍手，只听一声枪响，那老道就倒在了血泊里。老道手捂伤口，对赵汇鑫说："赵老板，我可是带着律师来的！我们说好了，官司打赢也给他三七分！"

赵汇鑫笑了笑，又一拍手，那律师手握勃朗宁走了出来。赵汇鑫说："刚才那一枪就是他打的，我给他四十万！我们是四六分，怎么样？"

老道惊诧万分，很吃力地望了望那律师，痛心地说："尘世间果然没公道可言哪！"说着，他又挣扎着从怀里掏出一张黄表纸，对赵汇鑫说："知道真相，你会后悔的！七十年前，你的太爷爷为得到武当山道长的养生秘方，特派我去武当山出家……"话没说完，老道就痛苦地闭上了双目。

赵汇鑫先是惊愕，然后急急夺下老道手中的那张黄表纸一看，禁不住失声哭喊："小爷爷，你为什么不早说呀！"

陈州烙花店

烙花工艺以南阳为盛，始于清光绪年间，据野史记载，起初有人用油灯烧红的铁钎子在木板上烙制图画，受到人们的喜爱，后经匠师加工，先烙制成筷子，后发展成烙花尺子、掸子等多种产品，颇受众人欢迎。

陈州南关的罗老会，年轻时曾在南阳烙花匠师家当学徒，学成技术后，便在陈州南关开了一家店铺，专制烙花工艺品。

当初用香油灯烧铁钎烙制时，为防止灯火摇曳，工作时须将屋子门窗关闭。每逢夏季，工匠们因室内闷热，中暑患病，常常停产。罗师傅为解决这一困境，就将井拔凉水放在数个盆中，一个时辰一换，使室内降温。除此之外，他还拓宽艺术思路，从过去只能烙制简单山水、人物等小件制品，发展成能烙制以牛郎织女、伯牙访友、西厢记、红楼梦等故事为图案的坐屏、吊屏、挂屏、围屏等大型工艺品。烙制工艺日益精巧，由粗疏而精细，由零乱而工整，由形似而逼真，色泽光润，浓淡适度，很快成了陈州一绝。

屏风之类多是官方和富豪之家用的，一般人家是用不起的。店堂内摆放的多是样品，有人前来订货，看中哪种样品，签个约，交几个定钱，十天或半月内交货或送货，一笔生意就成了。罗老会有三个儿子，在他的调教下，都成了能工巧匠。尤其是三儿子罗亮，更为出类拔萃。罗亮平常就喜爱绘画，而且善观察。如画竹，雨后竹、雪后竹、春竹和夏竹的不同，他皆能在画中展现。搞烙花这种工艺，不但是半个木匠，也要懂绘画。若有灵气，就少了匠气。罗亮就属于后一种。他制出的工艺品，不但做工精致，绘图也栩栩如生。在弟兄三人中，一下就成了"领袖人物"。

罗老会很喜欢这个"小三儿"。

一般像"小三儿"这种人物，由于聪明伶俐，干什么都会出类拔萃的。这类人为才子，是才子大多风流，罗亮也不例外，再加上这罗亮长相不俗，颇招女人喜爱，所以，这就成了罗老会的一块心病。

平常，罗亮有一架莱佛牌照相机，常在外照风景，然后再根据风景创作风景画。当然，也照人物像。那时候，陈州城里的照相机还很少，尤其是像这种手提式相机，更为稀有品种。所以，相机就成了罗亮接近女性的"媒介"。

陈州大户白家的二小姐白媛媛和罗亮是初中同窗，最喜欢照相，所以，她就常请罗亮到府上为她拍照。先是在白府的后花园，白小姐摆出各种姿态，照了洗了，不过瘾，然后就发展到去户外选景。在城湖边，在太昊陵里的柏林中，一照就是一个上午。如此一来二去，两个人就产生了感情。只是对这种"有伤风化"的举动，许多人都看不惯。白家为名门大户，罗家只是街头串尾的手艺人，门户悬殊，这就更让人怀疑罗亮是以照相为名勾引了白小姐。对于这件事，罗老会一直很警惕。罗家虽然不是富豪人家，但也是遵守礼教的正经人家。看儿子越陷越深，罗老会就觉得这样下去肯定会对罗家不利。于是，他就开始管教罗亮。先没收了他的照相机，然后又约法三章，不得随便外出，最后还命令他的两个哥哥对其严密监视。罗亮怕惹老爹爹生气，只好收了几天心，很老实地在店里守铺子。不想他老实了，而白小姐却不知内情，还是经常派人来请罗亮。几次相请都被罗老会以各种理由婉言拒绝了，心想白小姐也该知趣了。可令他料想不到的是，有一天铺子刚开门，白媛媛竟亲自来到了烙花店。罗老会看在白府的面子上，再不好推托，只好准许罗亮去给白小姐拍照。

那一天，罗亮直到天大黑才回来。罗老会望了儿子一眼，问："没出什么事吧？"罗亮不解地问："会出什么事儿？"罗老会看儿子仍是执迷不悟，长叹一声说："你这样和白小姐频繁接触，会坏掉你和她的名声的！就是今天不出事儿，明天也会出事儿！就是明天不出事儿，后天也会出事儿！年轻人，名声很重要。为了避免那白小姐再来找你，明儿个你就离开这里，先回老家躲一阵子，等她忘了这茬儿，你再回来守铺子！"罗亮听得这话，更加不解地问："我只是给她照相，压根儿就没干什么出格之事，为什么让我做贼似的躲躲藏藏？"罗老会瞪了罗亮一眼，厉声说："你懂什么？让你躲你就得躲！"无奈，罗亮只好遵照父命回了乡间老家。

令人料想不到的是，也就在当天夜里，一蒙面人闯进了白小姐的绣楼，将白小姐强奸了。

如此大辱，惊动白府。但为了白小姐的名声，又不便声张。根据分析，白府人的第一个反应皆猜是罗亮所为。白老太爷私下请来警察署长，要他派人秘密调查罗亮当天与小姐在一起的情况。赶巧罗亮去了乡下。为什么早不去晚不去偏偏在出事的当晚去了？是不是为掩人耳目？这一连串的疑问与巧合连白媛媛也信以为真，接着又提供了蒙面人的身高与胖瘦，也基本与罗亮吻合。

看来，此案非罗亮莫属了！

警察署悄悄派人火速赶到城东罗家大湾，将正在蒙头大睡的罗亮秘密带回了白府。

罗亮大呼冤枉！

白老太爷为保白府的声誉，让人唤来了罗老会，向他讲明了事情的前因后果。罗老会万没想到罗亮会干出此种勾当，气急败坏，当下就扇了儿子两巴掌，大骂罗亮是孽种。白老太爷劝住罗老会，说："事情已经出来，再打也晚了！现在要紧的是如何处理这件事情！"罗老会歉意地说："孽子不孝，是父母之过，一切愿听白老爷发落！"白老太爷长叹了一声说："小女自遭人凌辱之后，几次扬言要自杀，现在查明案情，小女万没想到是你家公子所为，很是伤心！几经相劝，小女已止了自杀之念，只是说自己已成了罗公子的人，就非他不嫁了！我念罗公子还年轻，所干之事可能是一念之差，好在二人年龄也相当，往日交往也不错，不如就此让他们成亲，你看如何？"

罗老会自知理亏，听白老太爷如此大度，很有些意外，忙跪地深深地给白老爷磕了一个头，万分感激地说："既然白老爷不念孽子之过，我还有什么话可说？令爱不嫌罗家门头低，屈嫁罗家，可算是我罗家的造化呀！"接着，便起身怒斥罗亮说："白老爷如此大度，饶你不死，还将白小姐许配于你，还不快磕头谢恩？"不想罗亮很硬气，一口咬定此事不是自己所为，最后说："白小姐遭此不幸，我可以娶她，只是那事儿不是我干的，这事儿一定要弄清！要不，我如何做人！"看儿子犟筋，罗老会怒火又起，大骂儿子说："早就告诫你，你不听，现在到了这一步，你认也得认，不认也得认！"言毕，不顾罗亮一旁喊冤枉，立马就与白老太爷定下好期，决定半月之内，白家嫁女，罗家迎亲。

十多天过后，罗老会就为三儿子罗亮举办了隆重的婚礼。洞房花烛之夜，知内情的人以为新娘和新郎必有一番争吵，不料喜烛还未吹灭，二人就紧紧拥在了一起，热烈庆贺他们的计谋成功。只听罗亮说:"什么门户不相当,让门户之见见鬼去吧!"白媛媛娇声嗲气地嚷道:"你别忘了,为此你还付出了名誉的代价!"罗亮笑道:"那怕啥!为了爱情故,一切皆可抛!再说,知情人没几个,过几天回门,你为我冤案昭雪不就行了!"

　　二人婚后恩爱有加。后来,二人的"阴谋"被公开,竟成了陈州城一段佳话。再后来,白媛媛借助兄长的力量,结识了南京一位大员,将罗亮的烙花精品运到巴黎参加了万国博览会,还获了个什么奖。从那以后,他们就迁居南京,在南京城的繁华处办了个烙花艺术馆,生意很是红火。

金盛祥商行

金盛祥商行的老板姓郑,叫郑三同,湖北咸宁人。少年时曾在汉口一家酱园当学徒,期满后升为最年轻的店员。郑三同升为店员后心境也随着升高,一心想开铺子,当老板。当时有一批同乡在周家口做买卖,便辞去店员到来周家口,经老乡介绍,先在沙河北的一个菜市当了一名管理帮办,说穿了就是一个跑腿的。郑三同凭着与生意人打交道的阅历,对周口市场的供求和行情做了详细的了解,特别是他认准了周口是一个水陆交通要道,东距皖地较近,西离漯河京广钱只有六十公里,且又是千里大平原,南北货在此会大有市场,于是他要决心在此大干一番。在几位同乡的帮助支持下,借五百块大洋,租了沙河南裤裆街两间铺面,打出金盛祥南北货商行的招牌,自任掌柜,委派表哥在汉口坐庄采购,雇用四位同乡门生照应门市,开始经营零售批发业务。最初经营的多是些金针、木耳、玉兰片、蘑菇、花椒、八角、茴香等干菜山货、兼营红枣、核桃、柿饼、瓜子等产品。郑三同虽然年轻,但懂生意经,又会用人。俗话说:"要赚钱,货得全。"根据市场行情,他先抓货源,便又增加了水产海味、炒货、蜜饯、辣味、酱菜、西湖莲子等,生意越做越大,品种越来越多。除此之外,他极重视门市服务,对顾客毕恭毕敬,拿烟倒茶,延长营业时间,适时赊销,定期收款,并与大饭店挂钩,长期供货。对有才能的同乡大胆擢用,进出定价,全权裁决,即使掌柜不在,店内业务也是有条不紊,方寸不乱。

只用十年工夫,金盛祥就成了名副其实的大商行。十年,郑掌柜也由一个小伙子变成了年至而立的"大龄青年"。

事业有成,提亲说媒的人就开始络绎不绝。

可是,媒人们所提的人选,郑三同皆不同意。原因是前来提亲的所提人选多是外地在周口做生意的后代,而郑三同却一心想找一个本地有权有势人家的小姐,可就是没人提及。媒人不提及的原因有三:一是有权有势的人家多攀高门,所谓高门自然是官宦人家,就是说县长的千金要攀专员的贵子,专员的公子还想去省城发展,自然不会下嫁一个生意人;二是郑三同是湖北人,而湖北人素有"九头鸟"之称,这个外号说褒也褒说贬也贬,在人们心目中是"滑精、难缠"的代名词,所以本地人很多不愿与他们结缘;三是郑三同虽然有钱,但形象欠佳:个子细高,像带鱼,又是个刀条脸儿,虽然刚刚而立,却给人一个未老先衰的印象。有这三条挡道,郑三同就是富甲一方也很难如愿。

其实，郑三同心中早有人选了。

郑掌柜看中的姑娘姓何，叫何叶，是周口商会会长何应康的千金。

郑三同看中何叶是一个很偶然的机会。他生意做大后，被吸收为商会会员。入商会要先拜望会长先生，那一天他去何家的时候，正赶何叶与丫环在花园的甬道上打羽毛球。何叶一身白色羽绒服，很新潮的那种，而且不是大辫子，扎的是马尾松，发根部系的是一条火红的发巾儿，朝气蓬勃，动静如画，直看得郑三同呆了一般。赶巧这时候，羽毛球正好落在他的脚下，何叶捡球时，看了他一眼，有点儿羞涩，恰这一"羞"，像雕刀般将她美丽的面容刻进了郑三同的心上，再也抹不去，忘不下。也就是从那一天起，他立志要把生意再做大，当大老板，将自己的身份提高，娶得何叶！

这当然不是一件容易的事儿。此事不容易有三：一是郑三同的经济基础与何家差距太大，绝不是三两年内能相匹敌的；二是郑三同已是大龄青年，而何叶也到了出嫁的年龄，很有可能就在这一二年内订婚成亲，年龄太逼人；三是何叶挑对象的标准一定很高，绝不是光门户相对就能成的，肯定要求男方是长相超群的帅哥。而郑三同的长相都不敢恭维，就是他发了横财，也不一定能如愿。当然，这一切郑三同自己心中也十分清楚，但他对朋友说他不在乎，并说做事在人，成事在天，一切

何叶听郑三同如此真诚和挚爱,许久没说话,最后她深情地望了望郑三同,说:『郑先生,今世无缘,等来世吧!』

随缘。平常，他像是从不把婚姻大事放在心上，一心扑在生意上。由于他的努力，生意发展很快，金盛祥商行像是紫气东来，越开越大，到民国初年时，几乎吞并了半条裤裆街。

就在郑三同雄心勃勃的时候，突然传来何叶要嫁到省城汴京的消息。那一刻，郑三同怔然如痴，如傻了一般，最后一下就像泄气的皮球，瘪了下去……

但郑三同毕竟是郑三同，他蒙头盖脑睡了三天之后，起来的第一件事就是到何家给何叶送贺礼。贺礼很重，重得出乎许多人的意料，使得何叶十分感动，亲自出来面谢郑三同。她真诚地对郑三同说："郑先生的所想我已听说一二，很感谢您这么看中我！"郑三同一听这话，方知自己单恋何叶早已成为公开的秘密，便也毫不隐瞒地说："小姐既然知道了，郑某就直说无妨了。我看中小姐，而且发誓要娶你，明知是癞蛤蟆想吃天鹅肉，但我不泄气，不自卑！小姐在我心中扎了根，激励着我去奋斗去拼搏，虽是单相思，但也是爱的力量！恕我直言，金盛祥能有今日，其中也有小姐您的功劳！"何叶听郑三同如此真诚和挚爱，许久没说话，最后她深情地望了望郑三同，说："郑先生，今世无缘，等来世吧！"说完，从袖内取一把绫折扇，送给了郑三同："为谢您的一片痴情，留下念想吧！"郑三同接过折扇，泪水早已盈目……

从此以后，郑三同谢绝了一切前来说媒的人。他说人心只有一个，我心中已装了一个人，再容不下第二个了。情感的事儿不同做生意，我不能心中装了人再娶别的女人，那样会对不起人家，让人家一辈子心凉，不是我郑某干的事儿！

郑三同如此认真地对待男女之事，得到周口人的交口称赞，说湖北人虽然是"九头鸟"，但对爱情却是如此专一执着，也算男子汉哩！由于郑三同的这种"诚信"，给他竟带来不少声誉，一时间，金盛祥的生意好得空前。

由于郑三同酷爱着何叶，一直未娶，一心一意经营商行，资金也越来越雄厚。四十岁那年，他凭借自己的实力当选周口商会的副会长。

大概也就是在那一年，何叶的丈夫去世。有一天她回娘家省亲，听说郑三同竟因她一生不娶，很是感动，当下就直接找到郑三同，说如不嫌弃，俺就不走了。郑三同望着久别的心上人，许久许久才说："你害得我好苦嗷！"

二人婚后，互敬互爱，皆长寿。

龙氏装裱坊

龙氏是陈州装裱世家。

相传龙家祖上，曾在宫廷里给朝廷装裱过字画。那时候是宋朝，皇家对于装裱工艺极为重视，曾经将装裱列为宫职，建立"画院"，将全国书画名家招入宫廷内府，设立装裱作坊，不仅装裱大量书画名作或卷轴，同时也培养了大批装裱人才。龙家祖上大概就是在那时候被选进宫中学装裱的，所以龙氏装裱至今最拿手的仍是"宋之裱"。

"宋之裱"对镶料极讲究，多用花绫或古帛。装裱所用的糨糊是用提去面筋的小麦面粉打成，据说裱后不易发霉。装裱之前所有材料都经过伸缩手术，做到装裱以后伸缩性一致，表面平整，舒卷整齐。

装裱虽是个艺术活，但面对的多是富贵人家，所以抓钱并不难。到了民国初年，龙家装裱坊已在周围省份开了不少分坊，总经理叫龙岩，是龙家四十一代孙。龙岩掌权之后，一改过去论尺寸要价的老规矩，开始以人论价。这个"人"专指画家或书家，也就是说，以画家或书家的名气大小定价格。因为龙氏装裱坊为世代名坊，所以书画家们很关注自己的装裱价格。通常情况下，龙氏装裱价格无形中就成了书画家名气大小的标准，上一格很不易。这方法看似残酷，但也有意想不到的号召力。因为龙氏装裱坊只要想"包装"谁，一夜间就可以打响，奠定其在书画界的地位。当然，龙家从不胡"包装"，看准一个推出一个，能让人口服心服。

这要的是鉴赏和发现人才的远大目光。

无形中，龙岩也就成了书画家心目中的"神"。

为保持"鉴赏"前锋，龙岩极注意收藏。事实上，龙家一直很注意收藏。龙家搞收藏是极容易的，因为书画家们一般不敢得罪龙氏装裱坊。字好裱不好，等于白掉价。自古书画裱是一家，有"岁寒三友"之称。好书画不遇名手宁可包藏而不装裱。拙工谓之杀画，有"刽子手"之称。故清代周嘉胄在《装潢志》中声称装裱师为"书画之司命"——司命，岂能得罪？

龙家不但收藏名字画，也收藏名裱。龙家收藏大厅里，收藏了许多流派：如配色素净的苏裱，善于仿古的扬州裱，色彩艳丽的京裱，颜色典雅的杭裱以及湘裱、赣裱、沪裱、岭南裱等。装裱格式也丰富多彩，如中堂、手卷、册页、画片、对联、条幅、横批、立轴、屏条、扇面各色不等。当然，裱法也各异，有纸裱、纸裱绫边、半绫全绫、三色绫、控空绫应有尽有。走进龙家收藏厅，简直就如走进了中华书画的装裱史，所以，人人皆说，光龙氏装裱坊的珍藏，也顶半个陈州城——这还是保守的说法！

据传，陈州名盗胡老九曾费尽心机让人潜进龙家宅院，然后里应外合偷走了大厅内的展品。不想回去让内行一看，全是赝品。原来古时的人作画多用夹宣，龙家有本领将其揭开，面上一张装裱后珍藏，而下一张又据墨迹另加描摹，而且一描再描，裱起来，作为展品示众。因而，那胡老九盗走书画还未到家，这方龙岩已派人把展厅恢复了原样。

除去龙家主人外，没人知道真品藏在何处。

日寇侵华以前，就对龙氏装裱坊虎视眈眈，日军高级将领中，皆知陈州有个龙氏装裱坊，而且掌握了龙氏收藏目录，尤其是对传世珍品，诸如唐寅的《美人望月图》吴伟的《灞桥风雪图》，以及自宋以后历代皇帝和名宦路过陈州时留在装裱坊里的鸿爪，都在目录下面画了重点红杠。

一九三八年秋，陈州沦陷。日军驻陈州最高指挥官川原弘举进城第一件事就是派兵包围龙氏宅院，然后把龙家一家老小全部抓了起来。

那一年，龙岩已年过古稀，他望了一眼川原弘举，问："你们想要收藏吗？"

"是的！"川原弘举指了指大厅里挂的展品，内行地说："这里的赝品全不要，要真迹的有！如果你的不说，马上就开始杀人！杀人要从娃娃开始，让你们看着他们死！"

龙岩震了一下，许久才说："你只要不杀我们，我们可以用钱买命！"

"钱的不要，只要字画！不然，就要人命！"川原弘举蛮横地说。

龙岩叹了一口气，说："论说，收藏只是一种爱好！我不能为了爱好而不爱惜亲人的性命！你只要不杀我们，我可以把真迹送给你们！"说完，就领川原弘举走到后庭一幢木楼上，打开楼门，指了指一床床叠在一起的棉被说："真品全在被子里，你派人撕开吧！"

川原弘举撕开一条被子，被套内果然夹有不带轴的古画和古字。川原弘举大喜，急忙命部下运走了所有的棉被。

川原弘举在指挥部内把一幅幅字画小心地掏出来，先挑了几幅藏起来，然后把剩下的全部秘密运往开封。没想到开封一鉴定，全部是赝品！消息反馈到陈州，川原弘举七窍生烟，带兵二次包围龙家宅院，不想龙家一家大小早已逃之夭夭了。

川原弘举铁青着脸走进龙家大厅，突然发现大厅四壁一片空白！川原弘举这才悟出上了龙岩的当，一把火把龙宅烧了个精光。

原来，自从胡老九盗画之后，龙岩就把真品一直悬挂在大厅里。

令人奇怪的是,龙家一家大小十几口人,至今下落不明——其中,也包括那批价值连城的收藏。

于是,龙氏装裱坊的一切也便成了千古之谜。

天顺恒杂货店

天顺恒杂货店的前身为天顺成，系山西晋城人王老秉创办，后改为天顺恒，独资经营，资金雄厚。他们直接从湖南、湖北、两广、四川等产地购进红、白、冰糖，各类纸张、杂货，由水路源源运抵周口，一来货就是十几船，光卸船就得好几天。由于资金雄厚，他们在老河口收购桐油，皆采用先付款，后交货的办法，取得广大油农的信任，所收桐油数量多，质量高，而且价格低，速度快。当别家着手收购时，天顺恒的桐油已装船起运了。每年夏天修理油漆船只的季节一到，立刻被抢购一空。

王老秉一生娶有三房二妾，但膝下无子，生了两个女儿。到了民国初年，王老秉年迈，只好将天顺恒交给了他的小女儿王银怡。那一年王银怡才十九岁，正在汴京读洋学，被父亲召回。王老秉为在有生之年培养女儿接管天顺恒的能力，便提前让其挂帅，自己只在后面当总舵。

王银怡长得很漂亮,而且爱女扮男装。她常穿一身乳白色的西服,戴白色礼帽,穿白色皮鞋,打着黑色的领结,给人一种潇洒无比的感觉。她说父亲没儿子,自己只好把自己当儿子为父亲分担生意。王银怡在汴京读书时是个品学兼优的学生,讲一口好英语。她常与同学们到番菜馆吃西餐,与洋人们混得很熟。所以穿衣也就西洋化,爱穿西服,学洋人喝鸡尾酒,吃牛排。当时洋漆还未受国人青睐,王银怡就大量进货,而且价格低廉。后来认识到洋漆比较省劲又便宜,国人便开始用洋漆,仅这一项,天顺恒就发了一笔大财。

人有了钱,就要异想天开,王银怡也不例外。她觉得姐姐已出嫁,自己早晚都是人家的人,父亲的这片家业迟早会改名换姓。每每想起这些,王老秉就极其伤心。为安慰父亲,王银怡竟决定娶妻养子,为王家传下一条根。

这可真是破天荒!一时间,周口城内外哗然。可王银怡不管这些,让人买下一个穷家女,娶进了府内。为让众人开眼界,她还举行了隆重的婚礼,用雪铁龙将妻子接到府内。她自己西装革履,手牵大红绸结与新娘拜了花堂。婚后不久,她专程跑到天津育婴堂抱回一个被遗弃的婴儿,取名王继业,算是王家有了后人。

娶来的女人叫海妮儿,因家贫自愿卖身嫁给王银怡。婚后二人如同姐妹,抱回王继业后更是像亲眷三口。人们都以为王银怡娶妻要子后肯定要嫁人,可令人失望的是,王银怡一直女扮男装，与海妮儿过着"夫妻"生活，养育着她们的儿子。逢重大场合，王银怡还常带夫人前往。王老秉见女儿为自己娶了"媳妇"，又有了"后人"，很高兴。加上王银怡很会经营，生意兴隆，几年过后，又买了两处宅院，开了两处分庄，可谓家大业大了。有一年周口商会改选，王银怡竟被选上了副会长。

王继业长到八岁那一年，王老秉病逝。王银怡以儿子的身份，扛幡摔"老盆"，将父亲送到坟茔，又为父亲建了一座很大的墓碑。周口人皆夸王银怡是千古奇孝女，一个不可多得的女中豪杰。

王老秉逝世一年后，王银怡突然贴出了招亲告示，扬言要给海妮儿招亲，并特意分给了她一桩生意和一处宅院。由于条件优厚，海妮儿很快寻到了一个年龄相当的男子，而且王银怡亲自为他们主持婚礼，办得很隆重，轰动了颍河两岸。

海妮儿结婚后，王银怡也还了女儿身。那一年，她已年近二十七岁。由于还了女儿身，便退出了生意场，将自己的几处货庄全部拍卖，换成了银子，几天以后，就离开了周口，去了上海。

从此，再没人见过王银怡。

只是海妮儿不忘王银怡的恩德，所经营的货庄一直使用"天顺恒杂货店"为名。

昌盛永绸缎店

昌盛永绸缎店在周口裤裆街北段,前身是赵昌永成衣铺,始创于清末年间,开初只做来料加工,后来改为又卖布又做成衣,几年过后,名声大增。

赵昌永的创始人就叫赵昌永,店名以人名取之。到了民国年间,赵家后人赵金来当了掌柜,便将店名更改了一个字,改名为"昌盛永"。盛是昌盛,保持盛而不衰,吉祥如意。永字表示生意长存,故名叫昌盛永。赵金来当掌柜后,一手抓面料,一手抓成衣加工,生意日益扩大,蒸蒸日上。

昌盛永买卖兴隆,主要是靠质量有保证。顾客在昌盛永做衣服,先到店内选衣料,按照客人的需要看样,量身定做,自行设计打样。为能保证做到造型优美,让顾客穿着舒适,他们在精细二字上狠下功夫。因为绸缎是细软之活,很难做,对手艺要求很高。赵掌柜要求伙计们要做到每件活随体量裁,手工缝制。针脚必须缝成鱼籽大小,从正面看不出为准;衣服的边要平且直，不能出褶皱、弯曲，而且要柔软不走样。衣服点缀要得当，配色要因人而异，按人的性别、年龄、职业、气质有所不同，做出的衣服，不管何种颜色，穿在身上要透出高雅和大方。为保质量，质检极严。发现问题，责令承做人翻工，再不达标，就包赔顾客损失，毫不留情。

昌盛永所经营的面料也齐全，产地大都来自苏、沪、杭等地。品种齐全，花式新颖。为在本行业领潮流，赵金来专派三儿子赵晓晨住在上海采购,最时尚的面料都能及时在周口应市。

赵晓晨在上海的采购点设在徐家汇的一家客栈里，常年包了一间房。他经常来往于沪杭之间，去各丝绸生产厂家看货订货。赵晓晨的审美层次较高，而且善于观察，走在大街上，两眼十分留心男男女女的穿着，就是说，他比较注意流行色。上海是大都市，有许多地方几乎是与世界同步的。赵晓晨在有意无意中就将新的服装潮流引入了豫东小城周家口，因而很早的时候周口就有"小上海"之称。

可让赵金来始料不及的是，三儿子赵晓晨常年在上海，穿着和生活习惯也慢慢上海化了，再不愿回周口了，一个人要想在大都市扎根，第一条就是要买房。而买房这件事情，无论过去、现在和将来，都不是一件容易办到的事情，你必须有一定的经济实力。就是说,手中要有硬头货。而在上海滩买房立足，更需要付出绝不是一般的努力。于是，赵晓晨就想发财——发横财，只有发一笔横财才能实现自己的愿望。人一旦有了想法，就会钻窟窿打洞去实现。赵晓晨也不例外，为搞到钱，他先是骗父亲，从所采购的布料上做手脚，每匹布都要提高点儿价格。因为将在外不受皇命，再加上做生意是水涨船高，就是说进价高买价也高，羊毛出在羊身上，所以也一直未能引起赵金来的怀疑。

这样混了两年，赵晓晨就攒了一笔钱。但这笔钱距买房的距离太大，他算了算，如此积攒法不出什么意外至少需要三十年才能买得起一处最平常的廉价房。可三十年后，他也老了，头发都白了买了房又能享受几时，而且一心想娶个上海姑娘为妻的想法也会全泡汤！所以他就觉得如此缓慢的进账方式几乎等于慢性自杀。于是，他就向父亲申请多进货。可赵金来不同意，周口毕竟城小人少，市场有限，若多进货积压了岂不是自己捆了自己的手脚？

赵晓晨一想也是，心想挣钱的办法有多种，我为何要在这一棵树上吊死？思想一解放，胆儿也就来了。他先从银行里取出些钱到赌场里押赌，赌了一夜，只赢了少许的钱。他觉得赚钱少是怪自己扎本小，如果那一把要是押大注，肯定要赢得多。第二天，他又拿了更多的钱去押赌，决心要破一把。当时上海滩的赌场都还比较正规，就是说你赢钱再多都可以拿得走。只不过在那样的赌场里，你也难以赢大钱。赵晓晨去的赌场是洋人开的，更文明一些。当然，无论国人洋人，开赌场都是为了赚赌徒的钱。而赌徒的心理只有赢没有输，这种心理越来越强烈时，就变成了瘾。赵晓晨很快就上了瘾，也很快将几年的积蓄输了个光。

几年的心血成了竹篮打水，他心里"捞"的欲望很强烈。可惜，没了本钱。人有几种胆最大，基本是毫无顾忌：色胆、赌胆、酒胆。赌徒胆大的原因多是企望着奇迹出现。赵晓晨决定要用父亲寄来的购货本钱大赌一回。

在未进赌场之前，赵晓晨还很慎重地算了一卦。占卜先生先给他定了几时进赌场,坐什么方位,几时投注,第一注投多少,第二注投多少……若第一注赢了如何投，输了如何投，最后还要赵晓晨写一个字,说再从字面上推测一下,这样可以双保险。赵晓晨想既然赌就是想赢，于是便顺手写了个"赢"字。不料字一写出，那占卜先生大吃一惊，急忙劝道："先生，这个字大不吉，你千万别去了！"赵晓晨说你刚才说我此去保能赢，为何又不让去了？占卜先生说："客官不知，我为何要让你再写个字做参考,一是要看你的全部运气。不料你写了这个'赢'字。你看，这个'赢'字是'亡'字头，下面是个口，再下面是由'月''贝''凡'三字组成，月是时间，贝是钱，凡是凡尘。就是说,这次你进赌场,无论输赢,都会在本月因钱离开凡尘！"赵晓晨听了这通话，感到很好奇，又认真看了看自己写的"赢"字,不解地问："那个'口'字如何讲？"占卜先生拈着胡须说："很明显，亡于口，意思就是从口中先致命。一般从口中致命的多是溺水而亡或是喝毒致死！"赵晓晨半信半疑地离开了占卜先生，路过赌场时，他的另一个好奇心使他在赌场门前徘徊了许久，最后赌瘾越发越厉害，便决心进去证实一下那占卜先生算的到底准不准，于是，就走了进去……

一夜工夫，赵晓晨将昌盛永汇来的购货款输了个精光。那时刻，赵晓晨如傻了一般，不知是如何走出赌场的，最后决定一死了之，纵身投进了黄浦江……

货一直不到，又没了任何消息，赵金来急了，亲自来到了上海。到徐家汇儿子常住的那家旅馆一问，店主说赵客官已近一个月未回来了，这个月的店钱还未付，也没退房。赵金来一听，这才急了，到处寻找，又登报发启事，可几天过去了，仍是杳无音信。一天他路过曾给赵晓晨算过卦的卦摊前，让占卜先生算一卦。那占卜先生一看赵金来的面相，当即测出此人是赵晓晨的父亲，便从桌子下取出一张日前的《申报》指了指角处说："客官，你儿子没了！"赵金来接过报纸一看照片，禁不住泪水就流了下来……那占卜先生给他讲了来龙去脉，赵金来又怜又气，长叹一声，说道："这上海滩成人又毁人呐！"

从此，昌盛永一蹶不振。

亨得利钟表店

早在二十世纪初期，亨得利钟表眼镜店就享誉大江南北。据说创始人叫王光祖，浙江定海人。开初在江苏镇江，取"亨通四海，天下得利"之意，名叫亨得利。一九一九年举办于上海，在全国各主要城市多设有分店。业务相互联系，实行联保处理。民国年间，亨得利总店决策人看好新生商埠小城周家口有无限商机，便派浙江宁波人崔高贵来筹建周家口亨得利钟表眼镜店，高薪聘请了修表、配镜技师，选址裤裆街，租房十多间开张营业。店堂依照上海亨得利式样，装有玻璃店门，两侧有大玻璃橱窗，店堂正中是个半圆形玻璃中心柜，里边摆放着各种钟表和眼镜样品。亨得利如此装饰，在当时是很新潮的。人们感到新鲜，招来很多人观看，无疑就成了开业广告。

亨得利为贵族店，以经营高档品种为特色，进口怀表和手表多种多样，有精工舍、欧米伽、浪琴、劳力士、罗马等名牌。因为是钟表眼镜店，自然也有各种眼镜、眼镜架、眼镜片，由于验光准确、磨制精良、矫配舒适而闻名颍河两岸。

亨得利经营的钟表，突出一个"准"字。每进一批货都有技师把关，逐个做质量鉴定，走时不准的钟表绝不在店内露面。当顾客一跨进店堂，就会被琳琅满目的钟表所吸引，定神再望，更是咋舌——因为不论是墙上挂的，玻璃柜里放的钟表指针，都走在相同的位置上，分秒不差！

除去卖钟表和眼镜，亨得利还很重视处理业务，每位修表师傅都一手过硬功夫。他们的保修业务也颇得人心，按照钟表价值的高低，保修期规定分别为五年、三年、一年。凡是从亨得利买的钟表，全国各地的亨得利表店都管保修。

周口亨得利钟表眼镜店的老板崔富贵是个极有经营头脑的生意人，钟表店一开张，他就先请地方官员和各界名流参观店铺，中午宴会，走时有礼品。他说亨得利是专为有钱人办的店，离不开有权有势的人来捧场。那时候蒋介石已开始在革命军有点儿名气，崔富贵说他们溪口没名人，眼下最有名的就数这个蒋介石了。他说崔家和蒋家还有点儿偏亲，论辈分，蒋中正还要喊他一声表叔。当时虽然是军阀混战期间，但蒋介石已有了发迹的迹象。到了一九二四年，他果然当上了黄埔军校的校长。崔富贵听说表侄成了人物，他并不以为然，对众人说尽管老乡发了迹，但咱是生意人，做的是买卖，他蒋介石是蒋介石，我崔富贵是崔富贵，只不过是老乡有点儿偏亲而已。再说，自己在周家口生意做得好好的，各方都捧场，也没什么事情需要蒋家少爷帮忙。再再说，就是有地痞流氓寻衅闹事或什么欺负咱的小事儿，地方政府就可解决，也划不得去找那么大的人物说话。这叫鞭长莫及，怕是说了也不一定管用。

崔富贵如此想，他儿子却跟他的想法不一样。崔富贵的儿子叫崔洪奎，在民国十几年的时候已长大成人。原来他一直在家乡读书，由于不求上进，崔富贵便让他来店里学手艺。不料这娃儿不务正业，不好好学艺不说，还有一肚子孬点儿。有一次为一顾客修理一块浪琴牌手表，他竟将内里的零件全调换了。后来被一技师发现，告诉了崔富贵。崔富贵火冒三丈，将崔洪奎暴打一顿，又加倍赔偿了那个修表人。从此，崔富贵就不再让儿子进店铺，怕他毁了亨得利的招牌。这下更称崔洪奎的心意，常去找一些不三不四的人鬼混，不久就染上了吃喝嫖赌的恶习。现在听说表兄蒋介石当了黄埔校长，就缠着父亲给蒋介石写信，说是要从军打仗，混个师长旅长的干干。崔富贵知道自己儿子不成器，自然不给他作引见。他对人说蒋介石是在为国家培养人才，若荐儿子去寻亲，简直有辱"黄埔"二字。为此，他非但不写，还当众批评了儿子的这种想法，说像你这种人，怎配去当国民军，整天一个二流子样，你别丢我们溪口人的脸！

这一下，崔洪奎对父亲不仅失望，还很忌恨，心想这年头靠本分干不了大事，靠歪门邪道说不准能成大业。那袁世凯、蒋介石都是现在的活教材。你看不上我，我偏要让你看看我能不能成气候。从此,他便拿蒋介石做招牌,与当地的驻军和政府官员开始联系。一开始,众人不相信他所言,后来他专回老家溪口寻到一张旧照片,指着上面两位老者说这就是他祖爷爷和蒋介石祖父的合影照,还指着一群娃娃中的一个说这个就是小时候的蒋介石。众人辨不出真假,就尽他说。时间一长,众人竟慢慢信了。蒋介石当了委员长之后,崔洪奎在周口竟被传为是个能通天的人物。

当时周口归许昌专署,专员姓胡,叫胡殿礼。这胡专员是行伍出身,也是个敢想敢干的角色,听说崔洪奎通天,便想通过他给南京总统府的大员拉上关系。有一天,胡专员来到周口,派人叫来了崔洪奎,先看了他常给人炫耀的那张旧照片,然后就提出要陪他去南京走一趟,言外之意就是想通过崔供奎引见拜见拜见蒋总统。崔洪奎一听这话怔了,半晌没敢吭声。因为他平常只是拉大旗扯虎皮抬高一下自己的身份,从没想过有人敢动真格的。现在这胡专员竟提出如此大胆的要求,他一时竟不知如何是好了。胡殿礼一看崔洪奎不吱声,双目如鼠般不定眸,就知道这是一个吹牛皮不要本钱的家伙。胡专员脑瓜鬼精,他心想崔洪奎能吹出如此大话,又有照片为证,说明他家与蒋家肯定有些关系,如果通过这崔洪奎将他家真正与蒋介石能递上话的人"逼"出来,岂不可以假事成当?于是,他对崔洪奎说:"你不必为难,你没办法可以让你家有办法的人陪我去嘛!这样吧,我限你三天时间,要你家与蒋委员长相识的人写一封引荐信,趁我去南京办公干的时候去拜见一下蒋总统,怎么样?如果办不到,那你就别怪我不客气!"崔洪奎无奈,只好硬着头皮应称下来。

回到家中,崔洪奎闷闷不乐,他母亲问他怎么回事儿,他便向母亲说了实情,并说那个胡专员可是个武将出身,事情若办不好,怕是性命也难保了。他母亲虽然显他惹是生非,不务正业,但毕竟是儿子,于是便求丈夫帮儿子解围。崔富贵一听气冲斗牛,大骂儿子不知天高地厚,将牛皮吹上了天,看这次你如何收场!开初老先生拒不答应帮儿子,可最终经不住全家人齐心合力的哀求,还是写了一信。信中说自己在河南周口做生意,得到胡专员不少帮助云云。崔富贵心想我写了,但管用不管用就与我无碍了。并特别警告崔洪奎说,如果再发生此类事情,枪顶着你的脑袋我也不会管了!崔洪奎当时一心只想着蒙混过关,而且过的是父亲和专员的两道关,所以连连答应不再犯。接着,就急忙去许昌将父亲的亲笔交给了胡殿礼。胡殿礼看了引荐信,高兴万分,当天还设宴招待了崔洪奎,并说若此次引荐成功自己能飞黄腾达,一定不会忘记崔老弟,最后还答应崔供奎进周口县府吃官饭的要求。

可是,让许多人预测不到的是,胡殿礼到南京总统府以后,蒋委员长还真接见了他,并非常亲切地向他询问崔富贵的生意情况。总统那一天像是非常高兴,说了不少儿时与崔富贵的一些友谊。胡殿礼借机送上了贵重礼品,蒋委员长笑纳后又让胡给崔富贵捎回不少礼品，并安排胡殿礼说，鄙人的表叔在你胡专员的辖区做生意，你一定要一视同仁，不得给他任何特权！最后还给崔富贵回了一信，让胡殿礼捎回周家口。

这一切，不但出乎胡殿礼的意料，连崔家父子都不敢相信是真的，但这一切全是事实。据说，胡殿礼为借这个威风，从南京直接去了河南省府，向省主席很认真会汇报了一番，然后又匆匆回到许昌，大肆宣扬蒋委员长接见他的情景，听得众人羡慕不已。

不久，胡殿礼就被晋升为河南省副省长。去开封上升之前，他亲自提名让崔洪奎进县府当上了缉查队副队长。

尽管一切都成了既定事实，但崔富贵却一直不相信是真的，因为他压根儿就不认识蒋中正。他当初也只是想借蒋介石抬高一下自己的身份，不想让儿子最后扩大化了。当初他给蒋介石写信也是无奈之举，因为他坚信一个地方专员怎会能见到总统大人，所以写了也就写了，心想蒋总统见不见你就怪不得我了。原本是想用妙计脱壳儿，不料狡猾的胡殿礼竟能借此谎言又扯了个弥天大谎，而且真的成了事。

崔富贵害怕再有官员找他引荐，吓得急急转让了店铺，回浙江老家去了。

从此，亨得利钟表眼镜店也从周口消失了。

晋泰号中药店

晋泰号中药店在陈州北街路东，离北城湖很近，站在药店后庭院的两层木格楼上，能望到画卦台上的那棵歪柏树。据说"晋泰号"是早年间的晋商创办的，专卖中药，能自制中药丸、散、膏、丹和生药材，不知何时，晋商将店盘给了陈州人马泰昌。论说，店主宜人，店名也应该换一换，可马老板却一直沿用"晋泰号"三字，说是店为名店，已有声威，中间正好有个"泰"字，与自己的名字有一字相重就可以了。能掏大价盘下药店，却又如此低调，陈州人皆认为这马老板是个厉害角色。

在晋商经营药店时，晋泰号就对质量关把的极严。他们对收购的各种药材，特别重视原料产地和药性、质量，这当然是因为许多中药材的药性与其产地有直接关系。比如"四大怀药"，必是怀宁府一带产的质地好。晋泰号购进的中药材大部分是原药，为适应患者的不同需要，药品加工时，遵古炮制，一丝不苟。如炮制大熟地、山萸肉、何首乌等汤剂饮片时，需用黄酒反复烹蒸；栀子，生用清热炒黑则止血，姜汁炒则治烦呕，清表热用皮，清内热则用仁；生甘草清热泻火兼有中和诸药之作用，密炙甘草健脾补中气等。对于不需要经炮制的饮片，也要做到精工制作。晋泰号的切片技艺更是独树一帜，如清夏片、犀角片、羚羊角片等"片薄如纸，轻如雪片"透明照人，堪称一绝。该号自制的补中益气丸、柏子养心丸、六味地黄丸、安宫牛黄丸、补心丹、牛黄保婴丹、活络丹、紫雪散等中成药，配方合理，制作讲究，疗效好，在陈州一带享有很高的声誉。

晋泰号的新老板马泰昌是城南颍河人，他原来在上海跑单帮，挣得第一桶金后回到陈州先开了个城湖饭庄，生意虽然兴隆，但光凭他的实力是盘不下晋泰号的。马泰昌当初能一举战胜几多竞争者拿下晋泰号全靠他的哥哥马泰盛。

马泰昌的哥哥马泰盛当时在吴佩服手下当师长，那年月有兵有枪就有钱，也是为给自己留条退路，兄弟俩合伙盘下了晋泰号。马泰昌遵照兄长的指示，接管药店后做到了三不变：一是老店的规矩不变，二是人员不变，三是店名不变。唯有的一变就是给所有店员增加了工资，只此一举，便收买住了人心。

当时兵荒马乱，药店去河北安国、安徽亳州等地进药材，常遇匪患。尤其去时，采购药材的师傅和账房要带钱，路上更不保险。马泰盛就让马泰昌养了几个保镖，配有枪支。他驻防许昌时，还派兵搞武装押运，每次都能万无一失。这样，别家药店难以买到的药材，他们能买到。马泰昌就借机搞药材批发，赢得了周围好几个县的药店供应。

生意越做越大，马泰昌很快就成了陈州城的首富。

无论过去现在和将来，你只要有钱，官员们就会"傍"你一把。你若是百万富商，就能与地方官员对话；你若是千万富商，县长就会买你的账；你若是亿万富翁或百亿富翁，省长也会想着你。马泰昌有药店有饭店，又有拿枪杆子的哥哥做后盾，地方官自然会把他当香饽饽。

当时的陈州县长姓李，叫李文斋。这李文斋原在省政府给一位厅长当秘书，那位厅长当了商丘专署的专员后，就让李文斋来陈州当了县长。李文斋上任初始，得知马家兄弟一军一商配合得很好，就有心结交马泰昌，只是这马泰昌依仗自家兄长的威力和自己的财力，并不把县长放在眼里，就是说，小小七品之县想傍马泰昌这样的大款，还不够级别。怎么办？自己是一县之长，如果主动登门毕竟是有些丢份儿！李文斋想了许久，也没想出好办法来！

他知道，这需要一个机会。

常言说，机会天天有，看你瞅不瞅。李县长几乎每天都在瞅机会，有了自然不会放过。这一天，县保安队在城湖里抓到了一名湖匪，几经审问，那匪就交代出了晋泰号中药店与湖匪有染的事情。保安队长得知这一情况，急忙向李文斋汇报，李文斋一听，心中暗喜，问那队长说："晋泰号与湖匪有染到什么程度？"那队长说："马泰昌经常供给湖匪赵老大治枪伤的金疮药和西洋药盘尼西林！"当时吴佩孚驻防河南，为剿匪，对枪支和治枪伤的中西药管理极严，若发现将药物和枪支卖给土匪者，一律定死罪。当然，尽管管理森严，但常有不法药商为获暴利偷偷供土匪们药物，尤其是进口的盘尼西林。李文斋听到此，便安排那保安队长说："这件事情到你这为止，再不要外传他人！"那队长问："那土匪怎么办？"李文斋说："好生侍候着，先留个活口！"

找到了这个机会，李文斋当天下午就派人去请马泰昌。

马泰昌一听县长要请他去衙内，颇感意外，因为过去的几位县长都是登门拜访，有什么事儿来府上说。当然，他们多是想搞什么活动，让他出资。马泰昌虽然从不把地方官看在眼里，但他是个要面子的人，只有地方官亲自登门求助，他一般都会有求必应的。是不是这个新任父母官以为自己是从省城里来的，有点儿拿大，想让出资又丢不下面子？你丢不下面子我还舍不得钱哩！你的面子主贵我马爷的面子更主贵！所以，马老板就没理茬儿。

李文斋等不到马泰昌，心想多亏自己没亲自去，若去了，那可算丢大人了！好吧，你不吃敬酒只好让你吃罚酒了，这事儿可怪不得我了！当下，李县长就让人去晋泰号中药店下了一张传票。

为顾面子，李文斋让送传票的人将传票放在一张请柬内，并安排一定要面呈马老板。马老板一看县长又送来了请柬，很感好笑。心想这姓李的还真会玩花样儿。不料打开请柬一看是张传票，吃了一惊，不知自己犯了哪条律法，忙派人去找那个保安队长刺探。

保安队长守口如瓶。

无奈，马泰昌只好屈尊去了县府。李文斋一见马老板终于被传来了，很高兴，先让人端茶让座，然后就开门见山地说了原因，最后说："马老板，现在事情还没扩张，只有你我和那个保安队长知道，那个湖匪被关在一个秘密的地方，依你之见，是消除影响不让事态朝下发展呢，还是让李某我一直审下去？"

马泰昌一听是这事儿，望了李文斋一眼，笑道："那依你之见呢？"

李文斋忙说："依愈人之见，为着晋泰号和马老板的名声，自然是消除影响为上策！"

马泰昌说："那好！那你就消除影响吧！"言毕，起身就走了。

这一下，弄得李文斋很尴尬，他本以为事情会顺理成章地朝下"走"，不想人家不领情，而且很霸道地拂袖而去！这戏接下去怎么唱？若再追查下去，可已答应了人家要消除影响。若不追查，自己不但什么也没捞到，人家连个谢字都没给！本想以此要挟人家，用不打不相识的办法与其建立友好关系，不想拍马拍到了蹄子上，热脸贴上了个冷屁股！李县长那个气呀，在屋里来回地走柳儿，最终也没想出什么高招儿。

不想这时候，马泰昌却派人送来了两万两银票，送银票的人什么也没说，放下银票扭头即走。李文斋望着银票，怔了，许久才恍出个"大悟"：马泰昌用的是一码归一码的办法，就是你这次为我消了灾，有酬金，两清，没瓜葛，你也甭想以此与我套近乎，套不上！

李文斋越想越觉得马泰昌这一手太绝，没办法，拿了人家的钱财就要为人家消灾。于是，急忙派人叫来那个保安队长，要他将那个湖匪解决掉，并说不要听土匪信口雌黄，马老板怎会与湖匪有染呢？

保安队长很快就除掉了那个湖匪。

保安队长向李县长汇报后，李县长很高兴。心想你马泰昌想一码是一码的完事也好，我不过每年多找你几回事情就是了。一件事两万两，十件事就是二十万两，双方看似井水不犯河水，而银子就这样暗度陈仓进了我的腰包儿！好，这样好！双方不但保住了声誉，也相互帮了忙！马老板，高人呐！

可是，令李文斋奇怪的是，自从湖匪的事平息之后，他再也没拿到过马老板的任何把柄。每回问那保安队长，保安队长总是说还没查到，查到就立马报告。就这样等了几年，直到李文斋调离陈州，也没得到过有关马老板违法的报告。李文斋很奇怪，要走的那天中午，他特意去了马府拜望了马泰昌，称赞道："马老板遵纪守法，经营有方，让李某佩服！"马泰昌望了望卸任的李文斋，笑了笑，说："遵纪守法不敢当，大人可知，利极大的生意大多都是违法的,要不,外人怎说官商勾结呢?"李文斋笑道:"你我可是清白的哟!"马泰昌说:"是呀,是呀,说起这个事儿,马某可有点儿对你不起哟!你要知道,养一个七品一年至少要五万两白银,而养一个保安队长,一万两就够了!我们是生意人,不能不算这个账喽!小官小贪,大官大贪,这可是千古不变的道理呀!"

李文斋一听这话,怔了,许久才叹道:"看来,我还是不谙官道呀!早知如此,我该勤换保安队长呀!"

唐永和杂货行

清朝中叶，来周口经商的湖北人最多，从巨商富贾到六行八作，有数千人之多。所以当时周口有"小武汉"之称。

湖北人善于联络，团结性强，很会做生意，人称"九头鸟"。开初，他们来周口经商的人虽多，但实力并不雄厚，于是，便联络湖南、广东、广西的商人在周口建立了一个湖广会馆。后来生意做大了，便撇掉两广，改称两湖会馆。湖北帮在周口经营的进口货以杂货为主，出口货主要是皮张。河南有给死人烧纸的习俗，湖北帮狠抓这一点，选派大批专人赴江西，对所生产的火纸、时仄纸、老仄纸、点张纸、毛边纸、铜版纸、仿纸以及大黄表、小黄表等等，采取包销手段，使外人无法插手，而运到周口，又是独家经营，财源滚滚不言而喻。

除此之外，他们还会利用政治影响。当时有个名叫金国军的湖北人，官至清廷御史，因故曾贬为民，后来问题澄清，官复原职，赴京上任，途经周口，湖北帮利用同乡关系，盛情相邀，下榻于唐永和杂货行。时值曾国藩镇压捻军坐镇周口,因金与曾是同科进士,于是便简装前往大营拜会曾国藩。守门清军见金国军青衣小帽,不予通报,金国军大怒,喝道:"报也得报,不报也得报!"守门清军见其气势不凡,急忙报于曾国藩。曾国藩听说金国军来访,忙趋步相迎,盛情款待。

次日,曾国藩回拜金国军,前边鸣锣开道,一对对"肃静""回避"牌为前导,步兵马队浩浩荡荡簇拥着曾国藩的八抬大轿,一直来到唐永和杂货行门前,却未见金国军前来迎接。一个家人把曾国藩迎到客厅,急忙通报,而金国军依然慢条斯理,只顾洗脸漱口。家人一再催促,金国军像是有意在老乡面前摆谱,说:"叫他等一会儿不要紧的。"直到整理完毕,才来到客厅会见曾国藩。在交谈时,曾国藩要为金国军在驿馆安排住处,金国军说:"不必,不必,此店乃敝同乡所开,对我照顾十分周到,还望阁下转告地方官员,对敝同乡要诸多关照。"这次互访的消息很快传出,很快在周口引起轰动,使湖北帮名声大振。

殊不知,这唐永和与金国军是姑表弟兄。金国军自幼住在姑姑家,与唐永和同窗读书。唐永和虽未谋得功名,但也满腹经纶,深谙官场一套。为和曾国藩拉上关系,等金国军走后,急忙借机备厚礼去拜望两江总督。老奸巨猾的曾国藩为官严谨,拒不收礼,对唐永和说:"老夫在周口执行公务,拒不收礼是众所周知的,得罪了!不过你我都是两湖老乡,遇到什么事情尽管说，我会尽力帮忙的。"唐永和一听曾国藩不收礼，颇显尴尬。但他毕竟精明，知道这是曾国藩第一次接见他也可能是最后一次，便觉得机不可失，忙施礼说道："在下今日拜见大人，是有一事相求。"曾国藩问："何事？"唐永和说："我想求大人墨宝，为小店题匾额。"曾国藩一听，迟疑了片刻，心想这厮果真了得，在这儿等我。只是刚才为拒礼说了几句客气话，不好再拒绝，只好答应，挥笔写下了"唐永和杂货行"六个大字，交给了唐永和。

唐永和如获至宝，连连叩谢，然后回到行里，让人制出金匾，选了良辰吉日，请来唢呐乐队，敲锣打鼓将匾挂上。为广为人知，唐永和原打算让鼓乐队连闹三天，不想当天夜里，金匾却被人盗去了。

因为是两江总督的题匾，丢失了不好交代，所以唐永和不敢报官，更不敢再求曾国藩，只好自认倒霉。他本想借此匾扩大自己的经营和势力，不想到手的大鲤鱼瞬间就溜掉了，一切都成了泡影。

直到这时候，唐永和才知道自己的聪明与曾国藩相比，可谓是小巫见大巫，转了一大圈儿，其实还在人家手心里。

从此，唐永和做生意更加本分，再不敢有别的妄想。

陈州古旧书铺

民国初年,陈州北关有一专收古旧书的铺面,主人姓姚,名金堂。原籍汴梁人,上辈可能有人在陈州为官,后代便落户于陈州城。姚家过去也为世家,后家道中落,一代不如一代,到姚金堂记事的时候,几乎已沦为引车卖浆者流了。

一开始,为生活计,姚金堂是走街串巷的收购古玩儿。他挎着篮子,到城内的世家去串游,收买珍珠、玛瑙、翡翠、玉器、古玩、眼镜、家具等等。那时候他不收古旧书。有一次从汴京城来一位姓王的亲戚,说他在汴京开有旧书铺,如果能收到古旧书可转卖给他。姚金堂觉得有利可图,便开始收古旧书。碰到字画、碑帖也收。收了,就转送到汴京王氏旧书铺。这样过了几年,他从中就掌握了不少古旧书知识,能辨别出什么版本值钱,什么书是珍品。再加上他爱学习,每收到整治的旧书,就自己先留下来细读,学问也大长了不少。后来,就自己开了铺面,专收古旧书籍。走街串巷的小贩见有人收古旧书,也开始经营这项业务，收到了，就去姚氏书铺去卖。姚老板买下后，挑拣整齐，然后去汴京、北平找销路，生意一下就活了。

凡卖古旧书之人，多有一个特点，即是不论好坏、新旧、整套或残缺，总愿悉数卖完为快。姚老板每得到信息，必亲自登门，见其中只要有少许有价值的古旧书，就全部买回，然后挑选、整理，残缺者逐渐配套，少页者，他还能缮抄补帖，作整套出售。

一般买古旧书的人，多是大学里的教授或有品位爱收藏的官员。陈州有省立师范学校，也有省立重点高中。汴京有河南大学、杞县有大同中学。这几个学校里的教师和教授皆成了他的购书对象。常与这些人接触，姚金堂从中得到不少有关古旧书的信息，什么书是孤本，什么人喜欢什么版本，他都要记录在册，一旦收到，立即送往，讨个好价。当时有一个省里的官员是登封人，很想得到同是登封人耿逸安著的《敬如堂文集》。不久，姚金堂在城北一世家买到，系清道光年间刻本，竹纸、十册。他急忙去开封送给那官员，喜得那官员如获至宝，赏给他了一个不菲的价钱。有一次他收到明弘治年间慎独斋刘弘毅刻的《十七史详节》，内有《南齐书》四本，白棉纸，系明仿宋制小字本，刻工甚精，知其珍贵，打开词簿，查出北平有一著名的学者要此书，便亲送京城，感动得那学者又掏高价又给他报路费，成了他日后许多年炫耀的例证。

再后来，他本钱大了一些，便不再亲自给人送书，改为邮寄。先发出广告信，寄给老客户们。信中列出他所出售的书籍名目，比如《李氏焚书》六卷，明李贽著，明闵齐伋刻，朱墨本，白纸，六册；《杂剧三编》，三十四卷，董康诵芬室刻本，美浓纸，八册；《翠屏集》，明张志道著，成化年间刻，黑口本，白棉纸，四厚册；《四圣悬解》五卷，清黄元御著，蓝格旧抄本，竹纸，二册；《池氏鸿史》，十七卷，高丽刊本，皮纸，十七册；《新定十二律昆腔谱》，十六卷，清王正祥撰，康熙停云室刊本，附《考证韵大全》，开花纸，六册……得此信者，按其所需与上面的价格，先款后书，省了不少麻烦。

一九三八年，陈州沦陷后，有一天，伪河南省民政厅长赵筱三来陈州视察，得知姚金堂有一部《古今图书集成》，便派人去购买。姚金堂当时确实藏有这部书，中华书局排印，三节版，连史纸印，一万卷，共八百册。姚金堂为搜齐这部巨书，已费了好几个年头。他跑项城去界首和周家口，还去过几次许昌和南阳，才收购五百余册，尚缺二百余册。这是中国当时最大的一部书，仅目录就有四十卷之巨。姚金堂如此精心搜集这部大书，是应京城一位大学校长之约，单等收齐后一同送到京城。不想赵筱三不知从何处得到消息，非要不可，而且还舍得掏大价。论说，收旧书就是为赚些银钱。货是自己的，谁给价高就卖给谁。可姚金堂觉得开店铺不能光讲钱，还要讲信誉。如果没有北平大学校长之约，卖给谁都行。而既然应了约，就得守约，虽然没有签字画押，只是口头应允，但君子一言，驷马难追，这古训不能不守。于是，他思量再三，最后婉言回绝了来人。不料来人也是一汉奸，他对陈州人骂他是汉奸早已记恨在心，尤其这个姚金堂，别看只收个破书，却口口声声给他讲信誉讲节气，于是他就想借此机会杀一杀陈州人的气焰。回到驿馆，便添油加醋地向赵筱三汇报，说是那姓姚的认死不会将所藏卖给日本人的走狗！赵筱三一听此言，像被人揭了疮疤般羞怒。他原本只是派人前去探听一下，并不想巧取豪夺，不想此老儿竟如此放肆，不卖书还骂他是汉奸走狗！这种人不治一治可真咽不下这口气！但他毕竟是省里的官员，来陈州只是视察民情，并没权杀人搞报复。他虽然不亲自杀人，但却有能力借刀杀人，于是便把《古今图书集成》的重要性告知了驻陈州日军长官川原一弘，并有意将这套大书说成是中国之国宝，对大日本帝国极其有用云云。川原一弘虽不太懂收藏，但一听说是中国之国宝，便动了心，决定要夺过来。当下，他就派人去了姚氏古旧书铺。

川原一弘派去的人一到姚金堂的旧收铺，先用刺刀逼住姚金堂，然后让翻译上前说明目的。面对明晃晃的刺刀，姚金堂当然害怕，忙将那套《古今图书集成》交给了日本人。日本人走后，姚金堂感到害怕又失落，像被人挖走了身上一大块肉，思前想后，就觉得这事太蹊跷！心想我是一个收古旧书的人，说白了跟拾荒收破烂差不多，怎会引起日本鬼子的注意？而且他们进门就点名要那套还未收全的《古今图书集成》？当然，不用多想，一下就想到了赵筱三。因为两件事挨得太近，向日本人告密的必是他无疑！姚老板就觉得太可气，而且是越想越气！他说自己跟日寇无法讲理，找到赵筱三说说道理总是可以的！主意一定，他就直奔了赵筱三住的驿馆。

赵筱三身为省府大员，门前自然是岗哨林立。姚金堂到了驿馆门前，守门岗哨自然不让进。姚金堂心想，赵筱三既然派人去买书，肯定喜欢收藏。于是他就向哨兵说我是古旧书铺的老板，手中有两套孤本，请您请示赵厅长要不要？那岗哨是赵筱三的随从，自然知晓赵筱三的这一爱好，便打电话向赵筱三请示。赵筱三一听姚金堂亲自登门向自己售书，肯定是稀世孤本，便同意见见他。

姚金堂走进赵筱三的住所，赵筱三刚从洗手间出来。姚金堂问："你就是赵厅长？"赵筱三点点头说："是！"姚金堂又问："是你将我有一套《古今图书集成》的消息告知了日本人？"赵筱三可能觉得这事儿没甚好隐瞒，便说："不错！"姚金堂一听果真是这汉奸，就有些气冲牛斗。气过火了就会失控，姚金堂此时就已经失控。他望着赵筱三，双目冒火，突然就抡起巴掌很响地打了赵筱三两个耳光，然后骂了一声"败类"，就气冲冲地转身走了。

赵筱三一下被打蒙了，怔怔然竟好一时不知所措，等他清醒过来，看姚金堂已经走出了过道。他当然也气，想喊人抓住姚金堂，可嘴张了一下竟没喊出来！原因是那一刻他的脑际里一片空白，没找出抓住姚金堂的理由，又生怕自己挨了两个耳光传扬出去，最后竟傻呆呆地看着姚金堂走出了驿馆大门。

当然，等姚金堂冷静下来，也极后怕，当天就离开陈州去外地躲藏，两个月后才敢回来，只是令他颓丧的是，每当向别人炫耀此次壮举时，没人相信他，都说他是吹牛皮！

再后来，连他自己也不相信了！